埋み火

福島の小さな叫び

二階堂晃子
Nikaido Teruko

コールサック社

埋み火 ——福島の小さな叫び

目次

三章　埋み火

四章　ふるさとを思う

埋み火

――福島の小さな叫び

二階堂晃子

一章　花見山交響曲

花見山交響曲

わたしの住んでいる福島市渡利地区に、麓から頂まで花で埋め尽くされる花見山公園がある。数年前に亡くなられた阿部一郎さんが、花卉《かき》農家としてたくさんの花々を咲かせた私有地である。ここを訪れた写真家の秋山庄太郎さんが、「桃源郷」と言われたことから知名度が上がり、春になると全国から山が沈むほどの多くの方が訪れるようになった。吾妻おろしがやむと、花々が順々に咲き始め、まるで花の交響曲を奏でるように美しく豊かになる。

蠟梅が薄黄色のやわらかい香りを漂わせ
春風をコンダクターに、白梅がぽちぽちドラムをたたく
八重椿が華やかな花弁をポトリポトリと落とし地面を染め
タンポポやいぬのふぐりの目覚めを誘う
真黄色のれんぎょうがピチカートではじけるように咲きそろい

白木蓮が上品な音色で空に歌いかける
旋律の主役、東海桜が薄ピンク色の花弁群で山いっぱいを染め上げ
菜の花畑の香りが人々を山へ山へと誘う
花ももの色濃いピンクがアクセントを演じ、
真っ赤なボケの花は緑色の葉に囲まれて親しみ深く歌いかける
幾千幾万の足音が軽快なリズムで加わり、
赤、黄、白のチューリップのラインダンスが始まる
四月半ば、花見山はお花交響曲のクライマックスとなる
西に残雪頂く吾妻山を望み、眼下に福島盆地を見やり咲き誇る花々に抱かれて、「桃源郷」は華やぐ。

かつて阿部さんは、「花は私の人生の全てである。花と会話しながら生き方を見つめてきた。多くの方に見て欲しい」と一般に公開された。その思いがシャトルバスの運行となり、観光バスが何台も止められる駐車場、遊歩道の整備となった。周辺の農家も花卉園芸を進め、華やかに桃源郷を広めている。

阿部さんはきっと、高い空のかなたから花見山交響曲に耳を傾け、訪れる二十万人から

三十万人の方々を俯瞰し、静かにほほえんで喜ばれているに違いない。どんなに多くの方が来られても入場料も求めず、目立とうともせず、黙々と花卉栽培に励まれた。そして阿部さんの遺志を受け継いでいるご家族にもほんとうに頭が下がる。

花の交響曲を奏でる花見山は震災を受けても尚、美しい。

ギアチェンジ

小金井に住む六年生の孫は、わたしを抜いて一六〇センチメートルを超えた。声も太くなってきた。五年生から始めたバスケットの練習によってか、会うたびに大きくなっていく。運動会では徒競走でもリレーの選手でも大活躍であった。

しかし、気持ちはそれ相当に幼く、かわいいもので、クリスマスと重なる誕生日では野外活動を夢見てか、ハンモックのオファーである。とにかく外遊びが大好きで、常に小金井の地の利を生かし、友達三、四人で数ある公園を走りまくっている。木登り、ボール遊び、幼稚っぽい鬼ごっこにと。

四年生で学童保育には行けなくなり、放課後をどう過ごさせようか親たちの懸念は大きかったが、友達との交流が一番のお気に入りのようである。友達の家族のこと、学校での関わり、授業の得意不得意を我が事のように教えてくれる。週に何度かはこれまた古典的なそろばん塾に通っていた。六年生の一学期には二級に合格したとの報告があった。一級を目指したものの、習いに行く子どもの激減でそろばん塾が解散になってしまった。代わって英検五級を目指して母子で英語塾に鞍替えしたとのことである。現代っ子のご多分に漏れずスマホやゲーム機にも興味を示し、母親のスマホにゲーム機能を入れて打ち興じている。「今は健康的に育っているけど、これから思春期に入っていろいろあると思うから、よく対話をして様子は押さえておくことが大事だよ」老婆心旺盛なばーばは、母親に助言すると母親は「今でも結構難しい。これからはさらに大変だと思います」とばーばにはわからない大変さがあるという。いいことだけを聞いて大変なところは親に任せることにしようと独り言をつぶやく。

この孫が八歳のころのことを思い出している。

長い休みになって、一人で何泊かするといって福島の我が家にやってきた。八歳ともなれば心配はいらないと思い大歓迎で引き受けた。昼間、ボール蹴りに読書にゲーム、テレビにおしゃべりにと有り余る行動力で、親と離れていることなど忘れたかのように活動していた。おやつを楽しみ、学校生活のあれやこれやを盛んに語ってくれた。じーじ、ばーばは、我が子を育てる時、こんなに話を聞くことがあったかを反省しながらも、孫の話を聞いて十分に楽しんだ。とにかく外遊びが大好きで、子どもらしく成育していると安心もしていた。

夕食はお寿司と張り込んだ。歯磨きも入浴も難なくこなし、この日のためにたっぷり干したふかふかの寝床にもぐりこんだ。事故やけがもなく、やれやれと寝床を離れようとすると、声を殺して泣き出した。「どうしたの？」と慌てて聞くと「パパとママに会いたい」と。叱咤激励型のこのばーばは「眠れば忘れるから」などと言おうと近寄った。が、「パパとママと三人いつも一緒だから、寂しいよね。だいじょうぶだよ。ばーばといっしょに寝ようね」と添い寝し、抱き寄せていた。

「そういえば君が眠るまで、パパは本を読んでくれてたんだっけ。ママはお話を聞かせてくれると言ってたね。君がママのおなかにいる時もパパは、ママのおなかに向かって、絵本を読んでいたんだよ」と耳元でささやくと、「そうなの……」とうなずいた。親子三人暮らしの絆は強く、子どもの心にお互いの存在がしみているようだ。大事に育てられているのだとの思いが、たっぷりと伝わってきた。「君は幸せだね。君の心の中にはパパとママの君を大切に思う宝物がいっぱい詰まっているんだね。とってもいい涙だよ。たくさんたくさん泣いていい」と指先まで動悸が伝わってくるあつい手を静かに握り、パパが子どものころ学校帰りに鞄を土手にほうりだし蛙捕まえに夢中になって、どろだらけになって帰ってきた思い出話などを語った。徐々に、不安が安堵に変わる様子が伝わってきて、静かに眠りに落ちていった。

次の日、昨日と変わりなく、朝のうちに宿題を済ませるともう庭でじーじ相手にボール蹴りをしている。食卓の上に開かれたままの日記帳に目をやると「ばーばがぼくの心に宝物がいっぱいつまっていると言いました」と書かれていた。ほんの些細なことであったが、「気持ちを受け入れる」ということが不安をかき消し、次の行動に安心して入れるという思いを持たせることなのだと孫に示されたように思った。

四年生の時のことも思い出す。十月のある日、電話が鳴った。

「ばーば、大変だよ。ばーばのお便り、朝の全校集会で読まれたよ！」と。運動会や学芸会にはいつも呼ばれていた。運動会では、先生方の工夫で、災害のあった東北地方の民舞を踊ったり、騎馬戦では全員はだしで取り組んだりしていたことに感銘を受けた。技能主事の先生は、子どもが裸足で活動しても安全なように校庭の整備を徹底し、小石ひとつ残していなかった。競技中も見回りに専念しているようで、安全に気を配っていた。学校に勤めていたわたしには、子どもたちを見守る先生や職員の人たちの思いがひしひしと伝わってきて、いい学校だと思った。後日、運動会参観の感想と御礼を校長先生宛に送ったのだったが、その便りの抜粋が朝の会で読まれたとのことである。わたしの名前は言われなかったが「運動会を見に来てくれた東北のお年寄りからお便りが届きました……」というところで孫はぴんときたとのことである。「名前、言われなかったから一安心だったけど、目立ちすぎー」とのことであった。

学校には非難や不満ばかり届く傾向がある。たまには、共に喜ぶこともあってもいいかとお便りしたところであるが、目立つことを子どもは気にする。ついおせっかいが現れてしまうばーばは、周りの空気を読みながら行動することを諭された思いである。「見守り、寄り添う」とギアを切り替えて孫と付き合おうと決意した思い出であった。

のぞく老婆心

港区の公立小学校に通っている孫の授業公開などに祖母であるわたしは、時々福島から上京して参観させてもらっている。両親が忙しい仕事に携わっているからである。四年生になって日ごとに体格もしっかりしていく孫と接していると、成長の来し方をいろいろ思い出す。

一年生のころから、授業中の彼はいつも姿勢を崩すことなく先生の話を聞くことが多かった。考えてみると五歳で「寺子屋歌舞伎」のオーディションに合格して二年間みっちり伝統的な古典を学んだことにあるのかもしれない。何度か、稽古に付き添ったことがあるが、歌舞伎のおけいこで求められていたことは、礼法、姿勢、発声を身に付けることのようであった。言い回しのお稽古は全て口伝えで、お師匠さんの唱える芸をそのまま身につける。十人ぐらいでグループがつくられ、一人ずつ表現させられていた。脚本や文字にしたものは何もなく、付き添いの大人がお師匠さんのいうこと全てを書き留めて、次週まで自学で練習し、次にけいこをつけてもらうのであった。わたしなどが朗読の練習で使う「外郎売」などはすぐに諳んじてしまった。五歳の子が二時間正座することは並大抵のことではないが、足を崩すと、「ちゃんとしてましょうね」と後ろに控えているおばさんやお兄さんがそっと近寄り、耳元でささやく。何度も言われるのは子どもながらに抵抗があるらしく、結局は忍耐の中で姿勢を身に付けて行ったようである。

寺子屋歌舞伎一期生として終了の発表会では、演目「寺子屋」の小太郎を演じさせてもらった。紋付袴に白塗りの顔で舞台に立った孫を見ながら、わたしは、終始どきどきが止まらなかったことを思い出す。その後はオーデションを受けて本舞台を経験できるらしいが、まだ、実現には至っていない。この体験が、彼のその後に与えた影響は大きい。学校生活や家庭生活でもハンデのある課題に、弱音をあまり吐かない。音楽発表会の合奏では、マリンバのソロを演じきった。音感のいい血は伝わっていない家系だが、鍛錬すれば新たな感覚は生まれるのかと思った。本人は、「ふつうにやっていれば大丈夫だよ」と涼しい顔で言っている。

二年生の時のことも忘れることができない。二年生の始業式に孫の学級の担任が決まっていなかった。教員不足のあおりを食って、この学校でも教員の定数が満たないまま、新学期を迎えてしまったのである。教頭先生が、仮担任として受け持ってくださったが、学校で一番忙しい教頭先生が、学級のすみずみまで細かく目を配り全員の指導をするのは難しいことだと思った。見る見るうちに学級は「各自自由」の雰囲気になった。何か月の後、若い女性の仮採用の先生が来てくださった。授業参観の機会があってわたしは教室を訪ねた。学校は、空き時間の先生にも教室に来てもらい、授業を進める策を取っているようで、他の先生が一緒に支えていた。若い担任は美しい文字で板書を整え、たくさん教材を用意して授業を進めてくれた。それでも、何となくざわざわして来た子どもたちの姿をみた男の先生が、「君たち！　静かにしなさい！　先生の話を聞きなさい！」と大きい声で注意をした。一瞬子どもたちは驚き、シーンとなった。みんなで指導する上でこれも効果的なことであるかもしれない。が、わたしは、担任の先生と子どもの信頼関係を築くように応援することが大切だと思った。

授業が終わったとき、近くを通った男の先生に思い切って声をかけてみた。「先生、子どもたちのことを思って声をかけてくださってありがとうございます。担任の先生を応援することは本当に難しいことですね。担任の先生の話を聞くように応援するにはどうしたらいいでしょう」と。「そうなんですよ。僕が一時的に出てしまって……、担任の先生の立場はどうなるのかと、今ちょっと気になっています」「どんな工夫をすれば子どもたちが集中するか、経験の浅い先生には大変ですね。よろしくお願いします」と頼んでしまった。「話し合ってみますね」と男の先生は、謙虚に受け止めてくれ、恐縮してしまった。

その後、子どもたちは校庭に飛び出し休み時間を楽しんでいた。整理をしていた女の先生の一生懸命さにお礼の言葉をかけたくて、「先生、ほんとに板書の字がきれいですね。子どもたちにもわかりやすかったと思います。たくさん教材を作られ、ありがとうございます」と話した。先生は一生懸命頑張ってくれている。慣れるまでは苦労が多いことがあると思いながら、先生の本気な姿は必ず子どもたちに通じると思った。若い先生を応援するには、一緒に振り返りの話し合いをして、大変だと思う気持ちを受け入れていくことだと思う。現実には多忙な学校現場ではこんな取り組みの時間をとることは大変なようである。それでも子どもを大切にみんなで話し合って取り組むことは、必ず子どもに通じる。このころの思い出を語り合うと、「今までで一番優しかった先生だったよ」と孫は言っていた。「こどもを大切にする優しさ」は、やはりほかの思い出に勝るものなのだと思った。

最近、孫は中学受験とかで「第二の学校」にも通っている。当初はなかなか抵抗があったようだが、やればやっただけ結果がついてくることはこれまでの体験でも実感しているためか、あまり苦には思っていないようである。どういう進み方がいいかは、その家の方針があるので、じーじとばーばは、様子を見守ることが肝心と、このごろは老婆心の助言は控えるように努めている。

こんなところに富士山が

朝九時過ぎ、福島駅から東京行きの新幹線に乗った。郡山を過ぎると眠ってしまった。気が付いたら大宮であった。空は快晴。車窓に映る限りの空が向こうの向こうまで晴れ渡っている。大都会の大宮のビル街が過ぎた。うん？　あの雪を頂く山は？　はるか遠くの空の彼方に形のいい白い山頂が見える。家並みに消されてはまた見えてくる。

確かに以前にも家族の間で話題になった。「まさかこんなところから富士山が見えるはずはない。あれは榛名富士だ」「そうだね」と言うことになって、そこで立ち消えになっていた。しかし、与野を過ぎ戸田に入っても角度によっては見える。果たしてあの山の姿は、本物の富士山なのではなかろうか。

と、ずっと西に向かって走っていたと思われる新幹線の窓に、太陽の明るい陽射しが差し込んできた。新幹線の進行方向が変わったということらしい。向きが変わったということは今座っている右手が静岡の方向になる。方向からすると富士山を右手に見る位置を走っている。富士山は、見えてもおかしくないかもしれない。いや東京の向こうは神奈川県、その向こうが静岡県である。そんな遠くの富士山が見えるはずがない。との思いで、その時点で「ほんものの富士山ではない」という自分なりの結論になった。しかし、孫の家についても何となく半信半疑な思いから逃げられなかった。四年生の孫に伝えると、「地図で方向や距離を調べてみたら」と地図帳を広げてこの疑問を打開する応援をしてくれた。

まず新幹線が走る方向を調べてみた。すると、予想した通り、西に向かって走っていた線路は、大宮あたりから南向きに変わって、東京湾の方に向かって走っている。右手に富士山を見る方向に走っていたことは確かである。線路が走る埼玉県近辺に目をやると「富士見」という地名がある。ということはこの付近で富士山が見えるという証拠ではないだろうか。それにしてもあまりにも遠すぎる。やはり疑問だ。この年になって、小学生が持つような疑問に突き動かされて、老眼鏡をかけなおしては真剣に地図に見入った。「方向はまちがいないね。あとは気象状況が適しているかどうかだから、今日のように、晴れ渡っている日は見える可能性が大きいね」と孫は同調してくれた。やはり富士山の可能性が大である。

次はネットの出番である。「北限の富士見」を調べてみると、なんと、「福島県の北部川俣町と飯舘村の間にある花塚山山頂から見えたのが北限の記録である」という事実を知った。距離にして三〇八キロ離れている。こんな遠くから見えるということは、福島県よりもずっと近い大宮近辺から富士山が見えるという信ぴょう性が高まった。さらに「大宮、富士山、見える」の単語を入れて開いてみると、そこにはすでに多くの投稿があった。「大宮近辺から富士山は見えます」の文言が並んでいる。既に、同じ思いで交流している人たちがいて、「東北新幹線から富士山が見える」の書き込みがたくさんあり、確かめられていた。

あのはるか向こうに見えた白い山の頂は富士山であったのだ。知らないのはわたしだけだったのかもしれない。好奇心に胸をときめかせながら、孫を巻き込み、地図をネットを開き、疑問を解明していくことは、ことのほか楽しいひと時であった。「大宮から富士山が見えた」はわたしにとっては大発見である。

出会い

二月になると、数年前に「椿祭り」の春を求め伊豆大島を訪ねたことを思い出す。

東京湾から船に乗り、停泊しながら時間を調整し、一晩かけて大島に着いた。波が荒く幾たびも接岸を試みたが船はなかなか着けない。「あと一回の試みで引き戻す」と情報が伝えられた。最後の試みが成功し無事下船できた。行く手に不安を残しながらの大島上陸であった。船着き場を出ると、風は強く、やはりここも二月。南国の大島でもまだ春は遠いのかと不安になった。ポロリポロリと咲くツバキと、若手の踊り手がいないために熟年女性が「あんこ嬢」になって演じる民舞だけに春の気配は見えたが、道路わきには予想外の積雪。椿油絞りや、地層切断面、波浮の港と大島ならではの名所を回ったものの、吹きすさぶ寒風に背を丸め、春には程遠い時期を選択した旅を後悔し始め、夫と二人身を寄せ合って散策をした。風を避け歩むうちに、樫の大木、ソテツが群生する庭園の奥の「潮音寺」に誘《いざな》われた。福島での災害犠牲者の冥福に手を合わせていると、「寒いところよう来てくださいました」と庫裏の窓から黄色い襟巻をした尼さんのお姿。「さあさあ。お荷物も中に入れてお入りください。寒かったでしょう。そうそう、ちょうどお汁粉ができたところです。奥で温まってください。ご縁ですから」

尼さんは、見知らぬ旅人に初めてとは思えない微笑みと親しさで、江戸末期建立の本堂に招き入れてくださった。「福島をとても案じておりました。大島でも土石流で三十六人が亡くなり、三人は未だに行方不明なのです」尼さんは、慈愛に満ちたまなざしで語られた。生まれながら浄土宗の仏道を歩まれたことや、一九八六年の三原山噴火の際、行政の決断と島民の助け合いで、一万三〇〇〇人、一人の犠牲者も出さず乗り越えたことも、しみじみと話された。

大島は、保元の乱で敗れた源為朝が島流しにされた地で、離れ島ゆえ中央の風情や格式ある館跡など、当時の文化が風化することなく残ったとのこと。寺に残る古文書なども見せてくださった。

見知らぬ旅人を、まるで既知の友のように受け入れ、もてなしてくれた尼さんとの思わぬ出会いで、大島を深く知り、単なる物見遊山が「椿祭り」縁の味わい深い旅行となった。

帰路、岡田港で船を待つ際に振り返りみた三原山が、先刻の寒々しさとは打って変わって、雄々しく島を包んでいるように見えた。興味深いお話と身も心も温まったお汁粉と渋い茶の味は、「出会い」の旅の醍醐味をふかく感じさせてくれた。寒さが、むしろまたとない出会いをもたらしてくれた心の春の旅となり、出会いのすばらしさを味わうことができた。

尼さんからの年賀状が今年も届いた。

体育館の三・一一

東京都内の小学校に通う孫の学芸会を参観した。三年に一度実施されるということの会。学年を挙げて最高の作品を発表しようとしている意気込みが伝わってくる。底冷えする体育館は、父母や先輩でいっぱいだ。我が子らの順番が回ってきたときは、すぐそばで鑑賞できるよう、一番前のゴザ席に移動できる気配りもあった。

演じる子どもたちの声量の豊かさ。音響機器を使わないのに、セリフはもちろんのこと、体育館いっぱいに響き渡る歌唱のすばらしさ。心ひとつに、体全体で表現している子どもたちの姿にはそれだけでも胸打たれる。そんな中で、観客を一点にひきつけた五年生のミュージカル「ひまわりの丘」は参観者の涙を誘い、目をくぎ付けにし、終演時には拍手が何分も続き、どよめきさえ起こる舞台となった。大津波で犠牲になった子どもたちを偲ぶ遺族がヒマワリの種を撒き、丘いっぱいに咲かせるという演技に合わせ「花は咲く」を歌い上げた。悲しみと追憶と希望を伝える作品のテーマがひしひしと伝わってくる。わたしたち被災を受けた当事者の間でさえ体験が風化しつつある災害を何百キロも離れた地の学校で取り上げ、演じたことが素晴らしい。とりわけ貴重なことは、大震災についての事実を調べ上げ、話し合い、練り合って一つの作品に仕上げ、自分たちのこととして劇に構成し、心を賭して練習してきたその過程だろう。今あちこちで被災者を「原発ちゃん」と呼んだり賠償金をなじったりする「いじめ」の悲惨な報道を目にする。ふるさと全てを無くした上に、時が経っても心を傷つけられる被災者、特に子どもたちの悲しみは計り知れない。

被災の事実をもとに作品づくりを通して今日的課題を学び合う活動を取り上げたこの学校の意識の高さ。スローガンや禁止事項を大きな声で訴えるより、子どもたちが被災地の実態を知り、悲しみを受け止めることで被災者の思いに共感することをどんなに学べる取り組みであったか、その教育的価値の高さに心が震えるのである。この学校には、被災者に対する悲惨ないじめは発生しないことを確信し、御礼の手紙をしたためた。

本当の病気は何だ

鎖骨の近くの右内側の部分に何かがある。間違いなく。

　夢中で活動しているときは忘れるのに、家に帰ってくると違和感が蘇ってくる。ついつい咳払いをして何か留まっている物を取除こうと無意識のうちに試みてしまう。美容院でシャンプーしてもらった時も、あおむけになりカバーを首のところで止めてもらったが、異様に締め付けられる感じがして咳き込んでしまった。確実に何か異物が存在している。声もかすれるような気がしてならない。間違いない。甲状腺がんが最も現実的である。何せ、放射能被害に遭っているのだから、因果関係は立派にある。もう手術するしかないし、悪くすれば声帯だって、食道だって無事ではないだろう。しゃべれなくなる。食べられなくなる。とにかく命をつなぐことを第一にするためには、早く検査を受けるしかない。もうおいしいものは食べられなくなるのか。常に痩せなければと苦悩し続けてきたのに、否応なしに「痩せ」に見舞われるときが来た。同級生の友達は腹部のがんを手術し、抗がん剤治療を受けているが、見る影もないほど痩せた。抗がん剤治療の副作用は、すさまじいもので、給食運搬車の音を聞いただけで吐き気がして逃げたくなり、十日間も食べたくなかったとのことである。

何も食べたくなくなるのか。今のうちに食べておかなければならない。先ずプリンか。それにアンパン。ゼリーは絶対食べておこう。イチゴは今が盛りだからこれも食べておく。また、塩豆大福も。テーブルの上のスイーツに手を伸ばし続けた。

ついに、決意して迎えた診察日。看護婦さんが来た。「熱と血圧と体重を測ってきてください」との指示。体重測定を忘れていた！　判断が甘かった。体重測定があったのだ。一・五キロ増。時すでに遅しである。のどの診察の前に、体重で「指導」が入ってしまう。

診察室での先生の第一声を待つ。以外にも先生は、今日は体重に言及しない。すぐに、問診をはじめ、のどを診察した。「見たところは異常がないですね。でも、エコーをとってみましょう」と言われた。体重どころではない。ついにのどの違和感の真相がわかる。検査室に移動しながら、覚悟を決め、慌てまいと自分に言いきかせた。エコー室の検査技師は、「違和感があるの？」とやさしく聞いてくれ、ゼリーを塗ってローラーを転がし始めた。パソコンがピッピッピッとなるたび、異物に反応しているように感じられ、さらに落ち着こうと自分に言い聞かせた。

終わると、ただ「診察室に戻ってくださいね」という指示。「お世話様でした」と平静を保って精いっぱい挨拶をした。

診察室に戻ると、担当医はパソコンに検査結果を投影し、説明を始めた。意外にも落ち着いている自分がいた。「右に、水ぶくれと節ですね。でも良質ですね。一年後にまた見せてもらえばいいでしょう。しかし、このくらいでは自覚症状が出ないのが普通なのに自覚症状があるというのは、内科の範囲でないということですね。耳鼻咽喉科の領域ということになります。耳鼻咽喉科に行ってみてください。この結果のコピーを持って」また振り出しである。

そして耳鼻咽喉科へ。担当医にコピーを見せたが、詳しく聞く様子もなく、「では、舌を出してエーと声を出してみなさい。呼吸は普通にしてね」と威厳のある声で言う。そういえば医学博士で権威があるという評判の先生だ。診察はさっと終わり、先生は口とのどの図を取り出した。指さしながら、「扁桃腺の奥のところにバイキンを中に入れない仕組みがあるのですが、そこのところに咳の力がかかったり、無理に咳こんだりして刺激を与えすぎていますね。腫れているところをビンタするのと同じですよ。吸入していきましょう。後、うがい薬を出しますね」。あっけにとられて、得意な質問もお礼も言えないまま、導かれるまま吸入室へと移動してしまった。

何だったのだ。この簡単な扱いは。喉頭がんだと自分の診断で命の覚悟を決め、食べすぎるほど食べてしまったり、数日間苦悩したり、さまよい続けたりしたのは。夕食から、食べ過ぎてはいけないという強迫観念との戦いが再びやってきた。

年甲斐もなく、客観的思考に欠ける自分をまた見せつけられて、本当の病気は、冷静な判断力の欠如ということなのだと思わされたのど騒動であった。

再会がもたらしてくれた縁

三月の初め、整った美しい文字の封書を受け取った。学生時代の友からだった。卒業から五十年の月日が流れている。それぞれ県内で教職に就いたものの、転勤を繰り返し、仕事に忙殺され疎遠になってしまっていた友からの半世紀ぶりのお便りに胸のときめきを抑えることができなかった。「河北新報の『微風・旋風』に載せられているあなたの随筆を知り合いが送ってくれて読みました。深く心に感じ入り、思わずペンをとりました」と綴られていた。新聞に載せてもらった拙文を介して、五十年ぶりの音信が訪れるなど予想もしていなかった。古い教員名簿のほこりを払い、電話番号を調べ、即、プッシュホンをたたいた。名乗りあう声に、空白の歳月はすぐに埋まった。

四月の半ば、一部開通した高速道路を東に走り、もう一人の同級生と三人、相馬市で再会を果たした。共に髪に白いものをたたえ、しみ、しわはかくせなかったが、一瞬にしてあの多感な時の面影が蘇ってきた。堅苦しい挨拶も、丁寧なお辞儀もいらなかった。「変わらない！」春色の空の風はまだ冷たかったが、取り合う手は温かかった。「その後」を語る三人に時計の針は容赦なく進む。子育てしながらの仕事に泣いたことも、何回も病気するほどのめり込んだ楽しかった仕事も不思議と共通していた。相馬を襲った津波の悲劇。教え子の子どもたちが犠牲になってしまった苦悩。一人は悲しみを俳句に託し、一人は二胡を奏で、東日本大震災の犠牲者を追悼する二人の話は胸に迫った。ごちそうが並べられた。「相馬ブランド魚の刺身を食べて」「すぐ売れてしまう相馬名産のイチゴ食べて」と予約して山ほど用意しておいてくれたごちそう。ほんとにうまかった。お国言葉のままに笑い、涙し、気が付けばもう陽は傾いていた。

この再会が、新聞に載せてもらったエッセイが縁で実現したことに驚くばかりである。ありがたかった。半世紀もの山ほどの思い出話と抱え切れぬほどのお土産を手に、またの再会を約して、興奮さめぬまま家路についた。

二章　わたしはマグロ？

わたしはマグロ？

「この方はマグロと同じで、回遊していないと死んでしまうんです」恩師を語る文言としては、ちょっと気になる。某大学で依頼された講話を終えたわたしを語った、教え子の言葉である。わたしの某大学での講話の度に、この教え子は休暇を取って付き添ってくれている。その彼はわたしを「回遊魚」と見ていたのである。

もう五十年も前、彼を小学校五・六年と担任した。その後も、結婚式、仏祝儀、帰省時の訪問と何かとお世話になっている同郷の教え子である。子どもの良さを生かす彼の両親の子育てにはいつも感銘を受けていたが、やはり彼は立派な社会人に成長した。今は、教えてもらえることばかりなのでむしろわたしの方が敬意を払って、付き合ってもらっている。その教え子は「恩師」を「回遊魚」と思っていたのだ。確かに、彼との付き合いは深く、素なわたしをありのままに見せてきたので、わたしを「常に動いている人」ととらえているのであろう。

三・一一の原発事故があってからは連絡を取り合うことがさらに頻繁になった。彼は、三十年前、大学の卒論で、原発の危険性について調べ、「今は廃棄物処理を研究すべきだ」と論じ、「原発は事故を起こすと、その災害は防ぐことができない」と予告していた。その卒論の通りになってしまった今回の原発事故。この論文で、わたしは知識不足をどんなに補ってもらったかしれない。互いにふるさとを奪われ、同じ悲しみを持つ同胞としても、大きな存在である。

彼は、医療関係のコンピューター研究をしている。彼の息子が某大学で学んでいた時、何かの折にゼミでわたしの話を出して、それがきっかけでこの大学からわたしに声がかかり、呼ばれ講座を持つことになった。その講座の時には、この教え子は、休暇を取り一日中、わたしの世話をしてくれる。そして今年の講座を終えた今日のお茶の時間、わたしを「マグロと同じ回遊魚」と例え、教授に語ったのである。

この教え子である彼は音楽に長けていて、趣味を兼ねて歌ったり演奏したりしていたが、その息子も父親の影響を受けて、高校の時、マーチングバンドのリーダーとして度々賞を受けていた。そして高校を卒業すると、本場のマーチングを求めて単身アメリカに渡り三年間プロとして腕を磨いてきた。帰国後、マーチングの普及を図るためには教師になることが必要だと、この大学に学んだのである。温和で協調性に富んだ人格や、マーチングの実力、成績の安定を見込まれてか一発で正採用教員になり、現在中学校の教師を務めている。休日も返上して、本職にバスケット顧問に、地区のマーチングバンド育成にと奮闘中である彼の息子もまた「回遊魚」並みである。

年の瀬も押し迫った日の午後、わたしは「ことばで紡ぐふるさとへの希望」と題して七十人の学生に話をさせてもらった。「大変だった事故当時」「今も続く見えない被害」「人々の悲しみ」「応援してくれる全国の人びと」「少しずつ立ち上がるふるさとの人びと」「そして希望」を自作の詩をまじえながら話した。今回の学生は、三・一一当時小学校六年生や中学生であったとのことである。話がすすむにつれ、水を打ったように会場は静まり、視線がまっすぐわたしを射、驚きや悲しみややるせなさの声なき声を送って来た。付き添ってくれていたこの教え子も「今、先生が話されたお話の中の詩で、お国言葉が出てきましたが、皆さんには分からないところがあったかもしれません。例えば『ぶっしあわせ』というのは『不幸』という意味です。他にもあったら聞いてください。わたしも先生には一二〇％、時に大げさに書かれています（笑い）」などと話して会場を和らげてくれた。何人かの学生は残って、災害について、詩について真剣に感想を語っていたが、この教え子も一緒になって学生の話に耳を傾け、質問に答えていた。

講話の総括を終えて外に出ると、冬のつるべ落としの陽は駆け足で沈み、もうすっかり暗くなっていた。大学のあちこちに飾られているイルミネーションがまばゆいほどに彩り始めた。学生たちに話したことで、さらに深めなければならない内容や話の素材を足で集め、この災害の大変さを訴えられるようにしたいとの思いを深くして、大学をおいとました。

これからも多くの方々から話を聞き、記録を取り、ふるさと回帰の活動にやはり時間をかけて次の講座の準備をしたい。そのほか，合評会にも出たいし、同窓会、退職公務員の仕事、相談活動、読み聞かせ、朗読会、地区の活動などなど数えればきりがない活動が待っている。彼が言った通り、「動き回る」日常が待っている。駅まで送ってくれる教え子の車の中。彼は、わたしの健康を心配してくれながら、「そろそろゆっくりしたら」と労ってくれたが、すぐに、「あっ。動いていないと死んじまうんだっけ」と言って笑った。別れ際、この教え子は、こんなことを語って励ましてくれるのであった。「今日の話、まるで遠野物語の語りのように故郷のことを語っていた。胸にしみた……」と。

歳老いた「マグロ」を精一杯慰めてくれることばだった。

三カ月の間に

夜半、横になりながら考えた。この三カ月、多くの教え子たちと期せずして出会えた意味合いは何かを。何かが彼らをわたしの今に連れてきている。感動的な授業ができたわけでもないし、やさしく思いやりのある教師でもなかったが、これらの再会には、自分の来し方を振りかえる思いを伴う。今、鳥の両目になって、自分の生き様を見下ろす時を得ている気がする。

五月後半。

現在近隣町の教育委員長の職にある昔の同僚が、議会事務局に勤めるわたしの教え子の長井とよく話をすると言う。「印象に残った教師は誰だった？」と話題になったとき「強烈だった二階堂先生を忘れられない」と言っていたという。はたして何が強烈だったのだろう。彼の生き方に影響を与えるほど濃密な指導をしたとは思っていない。

そんな折、この長井から便りが届いた。彼の便りには、「五年の時転校してきたが、あのクラスは、学級の一人一人、みんな個性があって、泣いたり笑ったりぶつかり合ったりすることが多くてびっくりした。その様子を作文や詩に書いて読み合ったり話し合ったりして、みんな自分の考えを出したすごさが忘れられない」と書かれていた。普通のことだと思っていたが、話し合ったりぶつかり合ったりしたことが、子どもたちの心に残っていたことが意外に思えた。

さらに、「先生、松川幼稚園で読み聞かせをしてくれましたね。わたしの息子と一緒に写っている写真を見つけました。親子でお世話になる縁は不思議ですね」と。三十年ぶりで長井との交流が再開した。

六月中旬。

夫と富岡製糸場を訪れた際、浜通りの小学校で教えた一家が高崎から宿に訪ねて来てくれた。富岡製紙工場を見学の後、近くの温泉に行きたかったので、どこがお薦めか聞いたためか、「会いに行きます」と便りをもらっていた。夜が更けるまで、尽きぬ話に旧交を温めた。彼の長男に孫が生まれ、彼はいの一番に孫のかわいさを語ったこの教え子ももう五十五歳になっていた。「若い親たちが虫歯になることなど心配しすぎて自分の箸でものを食べさせられない」「そうそう、若い人は子育てに細かいね」などと愚痴もこぼしあった。「伊香保の温泉は、入れば入るほど若返るはずだから先生にはピッタリだ」と、大いに励まされて笑い合った。

郷里の原発の被害や消えた故郷の懐かしさ、悔しさも語り合った。事故当時、原発の危険性を研究した卒論を送ってくれ、原発メルトダウンを起こした原発の問題を深く認識させてくれた教え子でもある。いっしょに来てくれた彼の二男は、吹奏楽でアメリカに三年留学したあと、三年遅れで大学生となり無事に卒業し、今は教師の道を進み教え子たちに吹奏楽の楽しさを教えていると生き生きと語っていた。特技を伸ばす子育てと家族の仲良さをしみじみ教えられた邂逅であった。

七月初旬。

地元で教えた正子の結婚式におよばれした。野外結婚式であった。小さな丘を越えて花婿花嫁が現れる粋な披露宴。りつ、弘子、恵美子、里香の同級生が次々に思い出話などを語り、宴をもり上げていた。正子は大学在学中、父親に不幸が起こり奈落の底に落とされ、がんばって入った国立大をやめざるを得ない状況に追い込まれた。

生きる希望を失ったと、わたしのもとを訪ね、「助けて」と玄関に立っていた姿が忘れられない。結婚を決意しかねているときも「自分だけ幸せになるのは家族を捨てるようで決意できない」と悩んでいた。「幸せになりなさい。それが家族をも幸せにすることだ」と告げると「来てよかった」と涙にくれたことがついこの前のような気がした。

式の前、あいさつに来られた母親が、「あの時、助けてと先生のところに行ったけど、夕食をごちそうになりながら、物やお金では助けられないけど、自立して働くところを探そうと一緒に考えてくれて、初めて働いたけど、それでわたしは強くなりました」と、手を握ってくれた。みんなに会えたよろこびと家族が立ち直った安心でわたしにとっても幸せを分けてもらった結婚式であった。

家に戻ってから、野外で蚊に刺されたかゆみがとても気になった。


七月中旬。

浜通りの小学校で担任した美昭から「先生ランチしましょう」という電話をもらい、黒川と三人、蕎麦屋で会った。

美昭は原発の下請け勤務だったが、あの事故以来、原発を離れ火力発電所で働いている。原発から仕事をもらっていたが、原発は、歴史的に見ると相当危険な産業であることを実体験から強く認識させられたとしみじみ話していた。今でも原発の柵の中で働いている同級生が、海水測定の仕事をしているが、「低い数値が出るまで何十回と海水のくみ上げ、最も低い数値を報告する」と聞いたと話していた。信じがたかったが、原発の柵の中の本当のことは、一つも外に漏らされていないという。驚愕する思いであった。

一方、黒川は、婿養子であったが、最近離婚して旧姓に戻ってしまった。今は仮設に住んで親の介護をしている。昔から眼光の鋭い悪役のような顔つきであったが、面白いことを言って場を盛り上げるそのギャップがみんなに受けていた。縁というのは不思議なもので、わたしが受けた文学賞の受賞者全体の記念写真に、彼の娘が中高生の部で賞を受けて一緒に写っていたのを発見し、それを見て、「俺の小学校の時の先生だ！」と思わず叫んだという。自分は文才などないのに、娘は文学作品で賞を得ている。それは、父親である自分の名前が「文好」なので、娘は文が好きなのだろうと言った。わたしと美昭は、「なるほど、なるほど」と、納得させられた。今は、元妻と暮らしている娘の受賞を心から喜んで語っていた。八月十五日に同級会を開くので来てほしいとのことである。

八月初旬。

この度の放射能災害で、放射能の拡散をこうむっていた山間部に小さな小学校があった。その小学校で教えたくみ子に四十五年ぶりで再会した。彼女は、市議を二期も務めているとのことだが、教え子が市議として活躍していることなど、わたしは同じ市に住みながら何も知らなかった。姓が変わっていたからかもしれない。彼女が探し当ててくれるまで、四十五年もの歳月を要した。

その日は、くみ子といつもコンビを組んでいたなみ子と三人で会った。十二歳であった彼女たちはすでに五十七歳で、世の中を背負う立派な大人になっていた。彼女は、三選に向け街宣活動の真っ最中であった。その支持者の中に別の小学校でお世話になった保護者の方がいた。その方が、「先生、くみ子さんのために個人演説会で一言あいさつしてくださいい」と電話してきた。「そんな、わたしが、……」と青天の霹靂のような要請に戸惑った。

くみ子の活動の様子を知るため、最初の個人演説会に聴衆として参加してみた。彼女の議員としての堅実な考えと行動力は想像をはるかに超えるものがあった。議会に再び送らねばならないという思いになり、次の会場で開かれた個人演説会に一言あいさつをさせてもらうことになり、次のように話した。

皆さんこんばんは。

わたしは、山村くみ子さんと先月四十五年ぶりで再会いたしました。彼女が十二歳の時、阿武隈高地の小さな山間の小学校で二年間、一緒に過ごして以来の再会でした。熱く手を取り合って見つめ合ったとき、四十五年前の共に過ごしたことがまざまざと蘇ってまいりました。そして時を忘れて語り合いました。

しかし、わたしはそこでがく然としてしまいました。わたしはこの地に住んでもう五十年にもなるのに、彼女が市の議員を二期も務めているという事実を全く知りませんでした。政治に無関心なわたしはとても反省しました。何かの折にわたしのことが話題になり、わたしを探し当ててくれました。

わたしはくみちゃんが市会議員の三期目に挑戦していると聞いて、教え子に敬意を示そうと、昨日、別の学習センターで行われた個人演説会に馳せ参じました。そこでまたわたしは別な意味でがく然としてしまいました。あのやせっぽっちだったくみちゃんが、徹底的にわたしたち市民の側に立って市政の矛盾を鋭く突き、多くの市民の困りごとを引き受け、解決のために西に東に奔走している事実を、力強く、しかもおごりや自慢でなく事実に基づいて訴えている姿に感動してしまいました。嘘や誇張でなく素朴なのに真実を訴えていると思いました。正義感の強い子だったけど、こういう生き方をしていたのかと強く心を打たれました。四十五年前、新米だったわたしは何も教えることなどできませんでしたが、彼女が接した全ての方々のお蔭で彼女はここまで育ったのだと、関わってくださった多くの方々に「ありがとうございました」という気持ちになってしまいました。

彼女のふるさとは、阿武隈高地の美しい山間にありました。そこでは三・一一の原発事故の時、里から逃げてきた被災者を受け入れ、炊き出しなどを行っていました。ところが、そこが最も高線量のホットスポットであると言うことを一週間も過ぎてから知らされました。何日も高線量まみれで過ごした地区民は県内外への逃避行を、否応なく、すぐ始めなければならなくなりました。有無を言わさずふる里を奪われた彼女の悲しみは、すさまじいものがあると思います。実はわたしも実家は浜通りで、海から八〇〇メートル、原発から三・五キロメートルのところにあります。家屋敷は大津波で破壊され、原発で故郷の全てを奪われました。浜通り特有のコバルトブルーの空、波の音、庭に遊ぶ蛇もかえるも、先祖の霊さえ、ふるさとを根こそぎ奪われました。わたしたちは共通の被害者であり、限りない悲しみと悔しさを共有しております。彼女こそわたしたちの苦しみを受け止め、今世紀最大の人災である原発事故の問題を最も考えていける議員さんになると思います。どうぞみなさん、この佐藤くみ子いや山村くみ子をよろしくお願いいたします。

貴重な時間ありがとうございました。

深々と頭を下げ、心から頼んだ。政治的なことは、何も話せませんでしたが会場で聴いていた教え子の親さんは、「わたしも、多くの人も涙を流して聞きました」と言ってくれた。くみ子もわたしを抱きしめてくれた。役に立ったかどうかは測れないが、教え子のために何かできたことはうれしいことであった。八月三十日、選挙結果のよい報告を聞きながら、おしゃれなレストランでランチを御馳走になった。

今回、三カ月という短期間に立て続けに多くの教え子と会う機会が訪れて、びっくりしているというのが本音である。会った教え子たちは、それほど目立った子どもたちではなかった。学級のいろいろな場面でも主人公になるよりは脇役の存在だった。しかし、日記などには生活の様子をたくさん書き、素直に本音を表現してくれていたことが思い起こされる。そういう意味では、今回会った教え子たちとは、ふれあいが多かったのかもしれない。反面、ふれあいの少なかった子もたくさんいたことが心にのしかかって来る。どの子のこともじっくり見て、しっかり耳を傾けて声を聞いてあげるよりは、性急に成果を要求するわたしであったような過去の自分が今見えてくる。現役時代の未熟さを攻められる夢を見ることが多々あるが、それは自分の指導力や対応に十分でなかった自責の念に駆られているからである。

今、実社会で多くの方との触れ合いを持ち、人とのかかわり方を学び、自分を見つめる余裕が持てるようになってきたこの時、もう一度、教室にもどしてもらえたら、もっと一人ひとりを見つめて、寄り添ってやれたかもしれない。生きていく上で何が大事かを学び合える教室経営ができたかもしれない。が「時すでに遅し」である。教育にかかわるものの人間性はその仕事ぶりに如実に出る。多忙にかまけ、自分を磨くことが足りなかった。子どもたちにも尽くしたとは言えない過去を詫びるばかりである。

この間の子どもたちとの出会いは、この年の自分を見つめるチャンスを与えてもらうためであったのだろう。これからどこまで生かせるかはわからないが、等身大の自分の素を見つめ、少しでも納得できる行動で残された人生を送りたい。楽しかったことも触媒にして。

短い期間のこれほどの出会いは、自分の身に何かが起きる前兆なのかと考えたり、そろそろ準備を始める必要もあるだろうと思ったりしている。出会いを喜びながら、「何かの時知らせてほしい人」の名簿を作成し、夫に苦笑されている単純なわたしである。

「書くこと」でつながる
――忘れられない教え子

　朝七時半、電話のベルがなる。「行かないって言ってるんだけど、どうしたらいい?」教え子の義子から、県立高校三年生の長女が登校しぶりをして困ったとの電話であった。

　これまでも、義子の娘は何度も登校渋りがあった。「今日は休ませて、家の手伝いでもさせな。きっとしゃべりたいことがあるんだと思うから」「そうするか」根本的な解決にもならないわたしの助言が電話の度に繰り返されて来た。子育てにほとほと手を焼いてきた教え子の義子。

　三十五年前、義子が六年生の時、わたしは一年間だけ担任した。彼女は、水泳が得意で男勝りの闊達な少女であったが、高校には進学せず、中学校から理美容学校に行った。結婚して数年後離婚し、五歳の長男と四歳の長女を連れて家を出て、溺愛するほどかわいがって二人を育てた。順調に子育てができていると報告をしてきていたが、子どもたちが思春期に入ると、予想をはるかに超える過酷な状況となった。長男は県立高校を卒業せず、通信制の私立高校に転校して卒業資格を得た。その後、就職はしたものの職も転々として揺れていた。長女は登校渋りとなり、他との交流がままならず対人関係でいつも悩んできた。やっと卒業して看護学校に通ったものの、集団になじめず、二度の休学のあと退学してしまった。

長男は遊ぶだけ遊んだためか成人したころから、自動車整備の仕事に関心を示し、勤めが続くようになり、退学した妹を心配するようになっていった。長女もたまたま、アルバイトで世話になった介護の仕事で、老人に感謝され、助けられて人との関わりを怖がらなくなり、介護付き老人ホームで働くことで落ち着いた。大変な子育てであったが、どんな時も、「この子たちはわたしと人生を一緒にするために生まれてきた。生きてさえいれば何があっても驚かない」が義子の思いであった。

思い起こせば、義子自身も小学校高学年から中学校にかけて「よい子」とは言いきれなかった。が、なぜか友達から見放されることはなかった。息子も娘もこんな義子の思春期を知っているかのように同じような行動をしてきた。かつて、彼女の母親もやはり子育てに悩んでいたが、愛情深く義子を見守って来たことを思い出す。

小学校のころ、毎週発行していた学級詩集「ねっこ」に義子の散文詩があった。

お母さんごめんなさい　　　　　　　　義子

よその家で遊びすぎ、午後の七時三〇分に帰った。
予想はしていたけど、ドアが開かない
しばらくしたら開けてくれるだろう
階段で足踏みしながら待っていた
でも全然開けてくれない
ふっと　友達が言ってたことを思い出した
でもぜったい行けっこない
どこに行こうか、まず先生の家にと・・・
でもお金は持っていないし
歩いて行ってもどこかわからない
少しでも寒くないとこさがそう

そして学校に行った
夜の学校は一つ一つの窓がうすきみわるく
くらい廊下に緑のランプがついて
シーンとしている
南校舎の昇降口にすわった
道路に立っている時よりは温かかった
それでも歯ががたがたなった
こんな少しの風よけ場所より
お母さんのいる家の方が明るくて
温かいだろうなあ
時間がたつにつれて寒さがまして、
鼻水までがこおりそうだ
白い息を手にかけてこすった
大分時間がたったみたいだ
だんだん眠くなってきた

ひざを抱えて
こっくりこっくりしはじめた
もう寒さと眠さで目があかない
そうだ
わたしがあやまってもうこんなことをしなければいいんだ
と思い、よいしょと立ち上がって家まで行った
入るか入らないかとまどった
けど　取手を握って開けた
家の中はあたたかくて
まるでさっきにくらべると天国みたいだった
そしてお母さんが帰ってきて
探してくれたおばちゃんたちにあやまった
お母さんの顔を見たら　涙がうっすらたまってた
私もそうだったけどぐっとおさえた
お母さんから友達もさがしてくれていたのを聞いた

私は家を飛び出してさがした
学校の門の前をうろうろしていると遠くから
「よしこー」と友だちの声がした
その時涙が止まらないくらい出てきた
もうこんな涙を出すようなこと二度としない
そして紙に
「お母さん　ごめんなさい」
と書いてテーブルにおいてねた
布団にもぐったら　直ぐねむった
冷たいふとんだったけど
あたたかくかんじた

（以下作品は詩集「ねっこ」から）

母親とのやり取りなどもっと書き込んでほしいことはあるが、行動を通して自分を見つめ、母親も子どもを心配している様子が伝わってくる。義子のどんな行動にも、母親は愛情深く接していた。義子には、シングルマザーで仕事に時間を取られる母親をいつも自分に向かせたい寂しさがあったのだろう。母親に対する思いは、ほかの作品にも見られた。「足音」として書かれた作品では次のように表現している。

足音　　　　義子

熱を出して　寝ていたら
お母さん　私が寝るまで　そばにいてくれた
でも仕事に行かなければならないから
タクシーを呼んだ
十分もしないうちにタクシーはきちゃった
「気をつけてねてるんだよ。じゃあ　行ってきます」
と言っていっちゃった
階段下りる足音が私まで聞こえた
私は思った

今　スローモーションにかかればいいのに
そうすれば
お母さんの足音　まだ聞いていられる
でも足音はどんどん小さくなっていく
もっと家にいてもらいたい
こんな体の時は　さらに思う

作品を読み直してみると、義子の母親への思いが伝わってくる。風邪をひいて寝ている自分を置いて働きに行かなければならない母親の足音を聞く表現は母への思慕を限りなく伝えている。義子の母も忙しい中で、いろいろ問題を起こす義子を懸命に育ててきた。母の姿が彼女の記憶に焼き付いていて、シングルマザーとなった彼女も、母親がそうであったように子どものどんな姿をも受け入れて来たのだろう。自分の成育歴がそうさせていたに違いない。

この「お母さんごめんなさい」の詩を学級のみんなで読みあったことを思い出す。いつも闊達な義子が自分の本音を書いてきたことを学級の誰もが信じられなかった。子どもたちから「おどろいた。こんなことがあったなんて」などの声が上がったことが記憶に残っている。この詩を読み合ったことで「こういうこと書いてもいいんだ」と感じたのか、その後いいことばかりでなく、この学級では本音を書いてもいいのだという雰囲気が出てきた。

今「ねっこ」を読み返すと、赤裸々な子どもたちの生活が表現されていたことに気づく。担任当時、わたしは赤ペンを書くことが大きな仕事だと思っていた。書くことを通して子どもたちの心を深く読み取る教師でありたいと考えていた。子どもたちと「書く」「読み合う」場を持つことで子ども理解の場を持とうと必死だった。作文指導は教師としてのライフワークのようだった。願いを共にする教師仲間で話し合っては、文集づくりに頑張ったことも思い出される。

学力至上主義の今、子ども同士の結びつきが希薄になっていてか、様々な学校の問題が噴出している。学校のどこかに本当の自分を語ることのできる場、学級のみんなが互いを理解することのできる場があるのだろうか。学校教育のどこかに人間的な生き方、他とのかかわり方を学ぶ場があるのだろうか。わたしは、表現活動こそ、一人一人が自分を見つめ、友を知り人間的関わりを持つ場面を作ってくれる大事な場であると強く思っている。今、安心して素の自分を表現し、作品を読み合うことなどは、時間も手間もかかることであり、親の理解や個人情報の是非もあり簡単ではない。子どもたちが本音を表現してくれるまでの過程は生易しくはない。が、どんな表現も受け止め、温かい赤ペンを続けることで子どもたちは自分を書いてくれるようになる。地道な取り組みこそが「書くこと」で繋がる関係を作ってくれる。

わたしは退職後、修士課程に学び、「書くこと離れを回復するために」のテーマで修士論文を書いた。授業後の思いを五十名の学生に十週間書いてもらって、肯定的赤ペンを貫き、みんなにも読んでもらいたい文は匿名で一枚文集として発行し続けた。書く前と書いた後の「書くこと」に対する変容を調べることをねらった十週間の取り組みであったが、分析の数値にも変化が見られた。「ノートが帰ってくるのが待ち遠しかった」「こんなに赤ペンで励まされるとは思わなかった」「一枚文集に載りたい」「書くことで自分の考えがはっきりしたし友達の考えもわかった」など予想してない感想が寄せられた。

この大学生たちの多くは、高校を終えるまで、自分の思いを書いて交流する体験を持たなかったという。わたしは「書くこと離れ」があるのでなく、「書くチャンスが少なく、心を込めて読んでもらうことに恵まれなかった」のだと痛感させられた。どんなにSNSの世界が広がっても「書くこと」の欲求を「隠れたところで求めている」と思われた。その欲求を満たすのは担任以外にはいない。書くこと、読み合うことは生き方を学ぶことであると確信している。

さて、義子は、社会人として落ち着いている子どもたちに安心しながら、同和教育や心理学に興味を持ち、陶芸教室に通っては感性を磨いている。巷のカウンセラールームの主のように、鏡を通して客や友人と目と目を合わせ、話を傾聴する受容力を培っているように思う。子どもたちが彼女を育ててくれたのだろう。担任だったわたしをも励ましてくれ、今、逆転したかかわりを感じている。「書くこと」を通してかかわって来た義子は、今でも忘れられない教え子である。

「作文と教育」（二〇一九年八月号、本の泉社）より

つながることで希望を

――『少年少女に希望を届ける詩集』を読んで

ここ十五年ほど、青少年の電話相談にかかわってきた。人間関係で悩む若者、孤独や疎外、仲間外れに耐え切れず自分を傷つけたり、現実から逃避し、快楽の世界に逃げ込んだり、近親姦に陥ったり、自殺念慮を予告したりする苦悩の電話で相談はいっぱいである。当初、このような深刻な相談に対してどのように対応すればいいのかわからず、掛け手とつながっていたとは思えなかった。十分に研修を受けたはずなのに、おろおろ焦り、つい的外れなアドバイスや答えを出してしまったりして「もういいいです」などと言われることも多々あった。十年たったころから、今、電話で知り合ったばかりの相手にアドバイスや解決を出しても何の役にも立たないことがやっとわかってきた。解決策より悲しみや苦悩や寂しさやおいつめられた思いの本音を聞いてほしい、受け止めて欲しい、ちょっとでも見えるほのかな光に声をかけて欲しい、じっくり聞いて寄り添って見守ってほしいと求められていることがわかってきた。

また、掛け手を理解するということはどういうことかも学んだ。理解するということは、その人のできごとや状況を理解することと、その状況や出来事の裏にある気持ちを理解することの二通りがあることに気付いた。好奇心のままにできごとや事柄をいくら質問して聞いたとしても相手は聴いてもらったという思いにはならない。だが、その時の気持ちを受け止め話し合えば、話してよかったと感じてくれるのだということがやっと分かってきた。顔はみえないけれども電話で繋がったことを確かめ合い、支え合い、何時間も話を聴いて、命をつないでほしいと願う。「明日また電話くださいね」と、繋がることで生きて欲しいと願う。掛け手との話を通して受け手のわたしは、人生の複雑さ生き方をつくづく教えられている。

そんな折、『少年少女に希望を届ける詩集』に参加する機会を得、加わった。出来上がった詩集を読み進めていくうちに、電話で聞いている声がそのまま聞こえてくるような気持ちになった。かけ手が耳元で話しているような気になった。作品を書いている詩人たちが、まるで電話の受け手となり、苦悩を訴える掛け手に全身を耳にして聞いているように感じた。何年もかけてやっとつかんだ思いがこの詩集の随所に表現されていた。「ぶつかった時慌てる必要はない。君は木のように誰からも必要とされている」「死にたいときは冬眠したっていい」「力を抜いて自由自在に流れるままに」「体の声に、せかさずに耳を傾ける」「間違った感情はありません」「何をするのでもなくただ寄り添っているだけのもの」「あなたの好きなことから始めよう」「死んでダメ、死んでダメ、まず生きてみる、まず生きてみる、まず生きてみる」このような声がどのページからも発せられていた。

「まぶしい朝に」

閉じたドアにほんのすきまが、少し開いた／思わず笑ってしまった後に、かすかな笑いが返ってきた
吐き出すために指など使わなくても即座に吐ける／肉マン3個と大福4個のすぐ後に寂しさ満たすためのあっぱれすぎる大食いも／強迫逃れ身についてしまった特技という言葉にも／え！　吐くスペシャリスト／はははは、／深刻さ通り越し／つい笑ってしまってあわてたすぐ後に
はじめてです　自分が話したことおかしいと笑ってくれた人／フフフフ／ずっと横になっていたけれど／今少し起き上がれた　と
笑うこと　作り笑いでもいいというけれど／閉じた世界に笑いは近寄らない／隙間風

だけ訪れる暗い夜の底／この子に笑いの素材は何もなかった
話が受けた　受け入れられたという響き／相手が笑った　話した自分も笑った　初めて／何かが触れた
吐き出した本音が　今日、聞いた人の心を動かしたのだから／きっと明日はまぶしい朝に

わたし自身はこんな詩を書いた。解決などしないけど、人は弱さやよさを受け止めてくれる誰かを求め、待っていて、何かが通じたと思ったとき、体に感情が表れるということを教えられたからである。かすかな自己肯定感が芽生えてきたとき、苦しみながらも立ち上がるのだとも教えられた。「人は希望を感じたとき生きるのだ」と編集者が記された言葉に、人と繋がったとき希望が生まれるものなのだと再認識した。

人にどうかかわってほしいかという答えを与えてくださる作品にも出会えた。少年少女の心はこの通りだ。こういう心境を理解してくれる詩人に出会えた子どもたちは本当に幸せだと思う。

「私の願い」　村山砂由美

うずうずしている／誰かに肯定してもらいたくて／／
ああでもない／こうでもないなどと／様々な理屈をこねられるよりも／ただ／「そうだね」／と　言ってうなずいてほしい／／
どきどきしている／誰かに信頼してもらいたくて／／
他には代わりが見つからないから／そんな言葉でいいくるめられてみたい／そう／「任せた」／と　言って頼ってほしい／／
もじもじしている／誰かに愛してもらいたくて／／
そっと手を握り微笑んでくれれば／何もいらない／そして／「好き」／と　言ってもらいたい／／
わくわくしている／誰かにほめられたくて／／
昨日よりかなり頑張ったことを／気づいてくれるだけでもいい／できれば／「いいね」／と　言って認めてほしい／／
ふつふつと湧き上がる／この思いを／誰かに受け止めてもらえたら／／

人が人とつながるための基本的で普遍的なかかわり方を教えてくれた作品だと思った。

わたしは原発立地町に故郷を持つ者である。同じ原発立地町の小学校に勤めていた女性教師は二〇一一年の三・一一から二〇一四年まで、まさしくリアルタイムで事故が起きた直後のこと、避難するときの修羅場、避難所での実情、新しい避難所での生活のことを書き続けた。そこにいた者にしかわからない壮絶な記録を綴り、まさしく原発事故に対する証言集とした。この記録をもとに、彼女は手書きの通信にして離れ離れになった教え子や親を励まし続けつながっていた。

ここで子どもの世界の怖さを紹介しておきます。普段は仲の良い友達は喧嘩をすると急に「放射能来るな」と言います。「お前弱そうだな」と女の子に喧嘩を吹っかけてくる男の子。女の子を「原発ちゃん」と呼ぶ男の子。「放射能うつるんでしょ」と聞く女の子。「原発のそばの人ってたくさんお金もらってんでしょ。いくら?」と言ってくる男の子。「あなたのものはみんな貰い物なんでしょ?」という女の子。こんなことを言われて心に傷を負っても子どもはすぐに大人に教えません。しばらく我慢して、反撃して、何とか話せるようになってからやっと「あのね、こんなことがあったんだよ」と教えてくれます。

もっとも傷ついているのは子どもなのだ。しかし通信でつながっていたからこそ、子どもたちは本音を語ってくれた。先生もつながることで子どもたちを守ってきた。震災の三・一一から何万枚も写真を撮り続けている高校の佐藤先生は、全国四十か所から依頼されてお話をしているとのことだが、福島県内からは依頼がないことを嘆いていた。「難しい話はいいから」と福島は放射能のことを話すのを、避ける傾向がみられる。

各家庭の庭の表土五センチをはぎとりフレコンバッグに詰め、それを重ねてブルーシートで被えばもう放射能はなくなったという錯覚。信夫山の膨大な仮置き場のすぐわきに作られたトレッキングコースを若者は利用している。先生は芝生に座って弁当を食べている生徒に「地表と空間は線量が違うんだよ。中で食べたほうがいい。地表一メートルを測定するのは、そこが人間の生殖器官の位置だからなんだ」と本当のことを伝えている。わたしたち自身が今起きている不合理の本質をとらえ、真実を伝えていくことでつながっていると思った。

さらに、人間らしく生きる力を付けるために、子どもたちに思慮深さ、知恵を持たせ、つながって行動する力を育てなければならないと語る別の高校の先生にも出会った。十八歳以上の青年に選挙権は与えられたが、選挙について正しく理解するため、どのようにかかわっていくかを授業で取り上げていた。

「よっくど調べて選挙さ行くべ」
君たちの知ってる政党言ってみて／自民党　公明党　民進党　共産党　社民党　野党
与党　ハッピー党…／野党　与党　ハッピー党？／
よっくど調べて選挙さ行くべ〃
まず、新聞の切り抜きだべ／参院選は／ひと月前には公示だ、福島県がらは一名で／
比例代表は四十八名だ、政党名でも候補者名でもＯＫだ／
それがら選挙事務所にチラシや機関紙もらいに行くべ／自分らでいくんだぞー喜ばれ
つっお／読めば政党の特徴わがるしな〃
次にほれ携帯スマホで調べられっぺ／憲法改正だって　消費税だって　原発だって／
調べて　話し合って　どんどん質問出していいー／授業中スマホ使って、いいんです

か？／辞書と同じだ、使え　使え〃
初めて分がったことばっかし／今の憲法、自衛隊員の命も守ってんだない／政党がどういう意見もってっか分がった／政党が増えて初めてわがった党もある／ハッピー党はねがった／んだべー〃
選挙さ行がねど日本が危ねかもしんにぇ／俺ら行けばちっとは変わんのがな／改憲って、俺ら選挙さ行けばひっくりかえんのがい？／ほだなー／ほれにしても大人って勉強してんのがな／地縁、血縁で入れてる人らもいるみてーだ／
公約コメント調べて勉強して／私のひと押し決めた！／いがったなー〃
行くと答えた生徒は八割で／まだわからないは二割弱／行かない生徒がいるということ／教師の存在意義が問われている／沈黙、傍観、消極的同調者／高校生を学力ある傍観者にしたくない／自分で判断して行動する人間に／仲間と協力して行動する人間に／選挙指導／人間らしく生きる指導そのものだ〃
よっぐど調べて選挙さ行くべ／若いもんと一緒に大人もみんな行くべ／
杉内先生の思い生きる一票を／な！〃

若者が、しっかり生きるために、知恵を持って行動する指導が必要なのだと教えられた。この授業は、我ら大人がそれぞれ、できるところでできることを試み、若者を育て、つながっていく大切さを訴えていた。

話すものがない

小学校の授業に英語が教科として導入された。グローバル化が進んでいる今日、世界の共通語となっている英語がペラペラと話せたらどんなに視野が広がるか、英語を獲得することはとても有意義なことである。大学まで十年間も英語を習ってきたのに、聴きとることも会話することもままならない力のなさを嘆いているわたしだが、文科省もそのようなことを思って「話せる英語、使える英語」をねらい、小学校からの導入を図ったのだろうか。

ある日、某大学の英語教育を専門にする教授の話を聴く機会があった。現在、小学校では、ＡＬＴ（アシスタント・ランゲージ・ティーチャー）の先生によってゲームやクイズなどを取り入れた英語の授業が低学年から行われている。遊びの要素をふんだんに用意された授業は、ほとんどの子どもたちが「楽しい、大好き」と言っているとのことである。ところが高学年から中学校に入ると「英語の授業が嫌い」の割合が大きくなってしまう実情が現れているとのことだ。何があるのだろう。
二〇〇〇以上のパブリックコメントの一覧表を見せてもらった。「小学校からの英語導入は、とてもよいことだ。英語も日本語も話せるようになってほしい」という意見の反面「国語力の充実がないのに英語で思考が深まるか」「小学校では自信をもって教える先生の不足のため、英語に親しみ楽しむまで行かない」との声が挙げられていた。多くの人たちが、問題点に気づいているらしい。その他「カリキュラムが満杯の中で英語の授業時数をどう確保するか苦慮する。他の教科の充実を図りたい」など、教える側の小学校の先生の中からも不満の声が上がっているらしいのには驚いた。

これを知って、教え子がアメリカに留学して帰国した時、彼が話していたことを思い出した。彼は、「現地の人と話しても何の不自由も感じないくらい英語力が身についた」として大変喜んでいた。が、「ホームステイ先や、クラスメートと話すときに、日本のことについて聞かれることが多くあった。日本に興味を示し話題になったが、自分が日本についてわからないことばかりで、英語は話せるのに、英語で話す内容を持っていないことに苦悩した」と言っていた。

生まれ故郷の自慢話も、郷土の手料理も、名物も、歌舞伎も、落語も、郷土芸能も、百人一首も、万葉集も、生け花も、茶の湯も、聴かれても知識も実情もわからない自分がいたと言うのである。受験勉強の日常の中で、「日本」についての知識を身に付ける機会がなく、自己主張することや、思いを表現する力も乏しいことに気付き、とても苦慮したとのことであった。大変だったのだと、彼の苦悩が伝わってきた。母国語の力をつけることを基礎にして、母国語で考え、語り、自分の国を知る力を付けることの重要さを痛感したとのことであった。小学校教育から日本語の基礎となる読解や作文、そして歴史を正しい日本語で学び、自国の文化を深く知り、誇りを持ててこそ、身に付けた英語を存分に使い表現できるのだと教えられた。

英語を話すことを急ぐ前に、母国語をしっかり身に付け、思考力を深めることが肝心なことなのではないかと考えさせられた小学校からの英語導入の難しさである。

はなみずき

花水木の街路樹が好きだ。阿武隈川にかかる大橋を越えると五〇〇メートルに渡り花水木の道が続く。愛らしい白、ピンクの花水木が一斉に色づく道をウォーキングコースと定め、まだ透明な朝、胸を弾ませて歩く風薫る五月、花と見えるのは実はほうで、本物の花は真ん中に黄緑色に小さくたくさん咲いている。そのほうが毎年変わらず、清楚な色合いで花びら状に咲き誇る。

花水木を思うと、退職してすぐ、五十人の女子大生と文章交流をしたことが蘇る。十週間、「心理療法」の授業で感想や意見を書いてもらい返事を返す活動を行った。若い世代が携帯電話やスマホにばかり頼り、「文を書く離れ」があることを憂いていたので、若い学生にも書くことの良さをぜひ感じ、身に付けて欲しいと思っていた。事前の調査で、「書くことは好きだとは全く思わない」という回答が多く、書くことは面倒で、何をどう書くかわからないはもちろんのこと、他に読まれるなど以ての外だという声が多かった。

「書くことの喜びや癒し」など考えたことがないとも。それでも、書くことの継続を図り、取り組みやすい配慮、書いたことへの励ましを送る誰かがいれば、必ずまとまったことを書く良さを感じてくれると信じていた。

負担にならない字数を示し、「『あなたへ』と語りかけ、どんなことを書いてもどこかにある小さなよさに光をあて肯定的なコメントを送る」と決めて、毎週全員に赤ペンをお返しした。書き方がわからないという学生には、「したこと、見たこと、聞いたことを過去形で書いていこう。会話を入れるとその時の様子がよくわかる」などと伝えた。

最初は「書くことはありません」「まとまったこと書くのは面倒」と一行文が返ってきた。一行でも「意思表示ができましたね」「面倒だという思いを書けましたね」と決して否定せずに赤ペンを返し続けた。書くことで自己効力感を持てるようになるには、自分の良さに気付くことから始まると信じていたので、学生が書く倍も赤ペンを送り続けた。

学生たちは、少しずつ周りの人との関わりも書くようになっていった。

「……みんなが私の考えを取り上げてくれて、一生懸命話し合ってもらえる体験は初めてだ。今思い出しても体が熱くなってくる。ある本に、人の手が温かくなるのは、その場の環境にリラックスしている、打ち解けている、心が安らいでいるときだと書いてあった。

なかなか打ち解けられずに悩んでいた自分が、少しでもみんなに心を通わせることができた証拠だと、自分をほめてやりたいと思った」などと、前向きに書いてくれた。「心が高ぶると手が温かくなることは、私も経験したことがあります。周りの人があなたを大事にしてくれて心を通わすことができたのですね。読んだ本を引用して自分の気持ちを表現したことがすばらしい。みんなと精一杯話し合えた喜び、自分を温かく見る目に感動しました」と返した。

回を重ねるにつれ、「赤ペンを早く読みたい」「『あなたへ』をいつもすごく楽しみにしている」と反応を示す学生が出てきた。本音で何を書いても肯定的な返事が返ってくるという安心感からか、字数も増えて、率直で他意のない思いがノートに埋められ、瑞々しい感受性を示してくれるようになっていった。夜を徹して読み味わいながら、素敵な文に巡り合うと、わたし一人で読んでいるのはもったいない、他の学生にも読ませたい、読めば互いの学びにもなると考え、匿名で文集にして発行し、全員に読んでもらうことにした。

そのころ、わたしの通学路には、あの清楚な花水木が咲き誇っていた。若さあふれる学生と花水木が重なり、その文集を「はなみずき」と命名した。「はなみずき」に載ることは書く意欲を高め、書き方の学びにもなった。載れば存在感が出て、「『はなみずき』に載りたいです」「読んでもらって心に響く赤ペンで、書く気が起きました」とまるで砂地に水が吸い込むように「書く」という行為を受け入れてくれた。これまでの学校生活で、文を書き教師と交流する体験の少ない学生が多いことが分かり、やはり表現する楽しみは人として当たり前の欲求ではないかと思われた。

最後まで「書きたくありません」と言い続けた学生が一人いた。「あなたの気持ちを大事にしてくださいね」と無理強いしなかったが、心を開くことを頑なに拒む何かを受け止めきれなかったわたしの力不足を思い返している。「肯定的コメント」だけでは及ばないときは、直接膝を交えて話すことが必要であった。何年か後、岩手の中学生が生活ノートで苦しみを訴えていたのに、先生は「明日の文化祭頑張ろうね」などと核心からずれた対応をしていたためか、その中学生には悲しいことが起きた。この記事を思うにつけ、赤ペンだけでは限界があり、膝下指導も必要であったことを今思う。書かないことで訴えている複雑な意思表示をくみ取るべきだった。

課題もあったが、赤ペン交流と「はなみずき」発行は、自分にとっても大きな文章修行の場となり、若者のパワーをもらうかけがえのない体験となったことは確かだ。今、わたしは、「書くこと」を相棒に生活している。あの時学生に書いた赤ペンは、ほんの少しでも光るところがあれば自分も頑張れるという確認であったのかもしれない。「文を書くと自分が見える」と名言を送ってくれ、「文を書くのもいいもんだ」と書くことを認めてくれた学生。「声をかけて」と、待っていたかもしれない学生を思い出し、充実していた「はなみずき」交流は、わたしの還暦記念活動だったと振り返っている。

居間の東側の窓越しには、緑の葉を広げる一本の花水木が立っている。台風が去るたび、葉先から少しずつ色づき、季節の変わり目を告げてくれている。街路樹の花水木に出会う五月が待ち遠しい。

吉祥寺の夜

震災から八年目の二〇一九年三月。福島から何百キロも離れた吉祥寺で「福島を思う」という催しが行われた。発案者の一人、舞台俳優の金子あいさんから、この会でわたしの作品を朗読したいという連絡をいただいたので、わたし自身も吉祥寺の会場に馳せ参じた。会場は一五〇人ぐらいの人たちでいっぱいであった。

最初に京都大学の今中哲司さんが「原発事故から八年、除染土の行方」と題して、偶然、わたしの初任地であった飯舘村の地区の残土の危険性について話された。周囲の山々の除染はそのままにして住民の帰還を試みるとのことだ。山間高地のため居住地への放射能流出は避けられないとのこと。専門的見地からの話を該当地の福島県でこそ学ばなければならないと思いながら聞いた。その後に金子あいさんによるわたしの拙作の朗読、そして音楽カルテットの演奏が行われた。金子さんの朗読は、わたしの詩集の中に横たわっていた文字を立ち上がらせ動かし、見えないスクリーンにその時の様子をありありと映し出した。稚拙なわたしの作品は、プロの声優の朗読によって、河井酔茗の「ゆずり葉」や谷川俊太郎の「生きる」のような名詩と見紛うほどの感動的な作品に化けた。朗読という立体的な表現を得て、臨場感あふれる被災地の場を再現してくれた。会場には共感の波のような拍手が続いた。わたしと言えば自分の作品を聞いて涙溢れ、嗚咽さえ漏らしてしまっていた。作品の裏にある思いを読み取って表現される朗読が、こんなにも作品を化けさせてしまうのかと朗読という表現の力のすさまじさを知った。

わたしは、金子さんの紹介で、短い挨拶をさせていただいた。福島に思いを寄せてくださっていることへの感謝と、まだ多くの被災者が苦悩の中にいること、この人災を風化させてはいけないことを話した。咳払いひとつせず熱い視線を送ってくれる会場の空気に、感謝の気持ちでいっぱいになった。会の終わりに、出版社が用意したわたしの詩集はすぐに完売したと聞いて、参加者の心にも福島の様子が伝わったのだと思った。

帰りがけに金子さんは、わたしの拙作を取り上げてくださったわけについて次のように語られた。「二階堂さんの作品は、演劇性があるのです。情景がありのままに浮かび、その場の様子が見えてくるのです」と。わたし自身、自分の作品が詩的な香り高い表現とは決して思わないが、被災のありのままを書き、今なお続く見えない被害の様子を率直に伝え、多くの方々に理解してもらえるよう努めなければならないと思った。「詩とは何か」さえも教えてくださったように思え、表現することの重要さを痛感し、これからも書いていくことがわたしに課せられ命題であるとつぶやきながら、わたしは、吉祥寺の夜の出会いに心から感謝した。

癖

エンゲル係数を算出したり、睡眠時間の平均を割り出したり、毎日の歩数をグラフに表したり、新聞の訃報欄の年齢の統計を取ったり、数字をいろいろ操作することが面白い。わたしのひとつの癖である。

厚さ三・三センチ、ページ数六三一ページ、会員数五〇〇人相当と思われるアンソロジー。詩集。作品を味わった後、作品を寄稿している年代別リサーチが始まってしまった。結果、

一九二〇代　五%
一九三〇代　二五%
一九四〇代　二九%
一九五〇代　十%

一九六〇代　　三％
一九七〇代　　〇・二％
一九八〇代　　〇・二％
一九九〇代　　〇・二％
二〇〇〇代　　〇％
未記入　　二七％　であった。

一九四〇年代より前に生まれた詩人の作品が約六〇％も占めて構成されている。つまり、七十歳以上の詩人が最も多いということになる。日本全体も六十歳以上がかなりの割合を示すから相関関係が成り立つのかもしれない。わたし自身もこの一九四〇年代生まれである。若いときできなかったことに再挑戦するのが歳を重ねた人の欲望でもあるし、長い人生の中でたくさんある素材を表現することもこの年には有意義な活動であるため、高齢の詩人が多いと思われる。また、この詩集自体が、超ベテラン対象の水準の高さを求めているのかもしれない。超ベテラン階層は透徹した作品を残し、大いに知的遺産として記録されることは大切である。

が、本当に、若い人たちの作品が少ない。若い人たちの作品は、一見難しい表現が多いように思えるが、とてもパワーを感じる。研ぎ澄まされた若い感覚には刺激をもらえる。発想も自由で型にはまらない無限さがある。若い人に、「自由に応募してほしい」というメッセージは伝わっていないに違いない。

この詩集に近づきがたい閉鎖性を感じているのであろうか。フィーリングが合わないのだろうか。この詩集に限った傾向なのだろうか。世の中を背負う五十歳まえの方々から作品を多く応募してもらえるよう考えることは、現代詩の世界に課された命題だ。

どの世界も表現の世界は、難解な論評で「どう書いていけばいいか」を論じ、出来栄えを重んじ「評価する」ことや「賞こそ」が多いように思う。初めて参加した全国的な規模の詩の会で「賞」の話に終始したことに違和感を覚えたことを思い出す。書き手にとっては、「いい作品である」と評価を受けることは創作の意欲につながるのでとても大切なことであるが、「うまい人」「そうでない人」のような雰囲気があるとすればどうしても閉鎖的になる。後日、「詩の世界は、書き手も読み手も少ない世界だから賞取りをねらうことぐらいしかないだろう」と言っていた一般の人の言葉が気になった。

SNS全盛の環境にあって、身近にしかも、自分の存在感が実感できて、受け入れてくれ、それなりに存在を発揮できる世界を体験することで若者も詩の世界をのぞいてくれると思う。「若い人専用ページ」などを特設するなど、編集の工夫も求められる。書くことは誰もが持つ欲望であり、魅力があり、自分が見え、感情を表現できる醍醐味もある。交友を広げることもでき、自分の世界を広げることもできる知的活動の魅力的な世界に参加したいという思いは誰もが望んでいる。

わたしたち高齢者は自分たちが書くことで表に出ることだけに自己満足せず、若者がアンソロジーに参加できるよう心配りと声かけをしていかねばと思う。声をかけ合い、読み合い、認め合い、取り上げ合い、表現者として門戸を広げ、横に並べる解放的な思いを共有できるよう、若者に「詩を書こう」と呼びかけたい。何よりも若者を受け入れる雰囲気が大事である。若者が参加できる方策を話し合う機会を持ってみたい。

三章　埋み火

月命日

毎月十一日を月命日として、福島県の被災者の今なお続いている苦しみや孤独についてともに話をするホットラインが設けられた。六年目の二月現在で七万九四四六人が避難しており、全国四十六都道府県にお世話になっている。放射能汚染から幼い子どもを守りたい、解除になっても日常生活に安心を得られないという一念から戻れない方がたくさんいる。六年間に福島県の関連自殺者は八十七人に上っていることを重く見、わたしの所属する電話相談ボランティアでは、被災者と話をするホットラインを設定した。

開設に先立ち、被災者の状況に詳しい先生や、被災を受けている方からお話を聴く心構えについての指導を受けた。七年目には、全国の東日本大震災・原発事故関連自殺者数が二二六人に達し、そのうちほぼ半数約一〇〇人が福島県民であることや、被災児童・生徒に対する「いじめ」など社会問題に発展している現状などを学び、表には見えない被災者の苦悩があることを痛感した。

原発事故の被災地にあっては三世帯同居などの日常は珍しいものではなかったのに、家族が離散してしまい、ふるさとそのものを根こそぎ奪われて、ふるさと喪失に心を痛めている人が多い。「地震は現在を奪い、津波は過去を奪い、原発事故は未来を奪った」と話されたことが胸にいたい。

〈いつでも、すぐに、どこからでも〉かけられる電話を通じ、抱えている苦しみに耳を傾けてくれる隣人としての電話相談は重要である。「福島から避難している」という心の負い目、誰にも相談することができない孤独の苦しみに寄り添っていくため、まずお話を聴き、共感し、一人ぼっちでないことを感じてもらう。極めて小さなことかもしれないが、心の回復という大きな望みに繋がっていると確信している。

三月、四月の十一日の月命日にも多くの相談が寄せられた。避難解除になったが戻るべきか否か、目に見えない放射能の心配、除染作業をしている人が「どうせ気休めだから」と嘆いていること、支援が終わって生活が苦しいこと、避難先でいじめられ避難者であることを隠していること、支援する側の疲弊、苦悩などのたくさんの相談が寄せられた。やっと話せたという方もいた。仏教でいう七回忌に当たる今年。今なお災害は続いていることを忘れず、かかわっていきたいと思った。

埋み火

詩集のアンソロジー出版記念会参加で上京した翌日、またとないたった一人でのフリーな東京探索となった。午前中は六義園散策、午後は都美術館でムンク展を鑑賞する計画を立てた。駒込駅から五分ほどに、都民の散策名所となっている大名庭園があり、回遊式築山泉水の柳沢吉保が築造した名園であることは聞いていた。レンガ造りの裏門から入園すると、流れるようにしなやかな枝垂桜の銘木に迎えられ、年月を耐えた木々が懐深く名園を包んでいた。十二月というのにいろはカエデやモミジが鮮やかに色づいている。今夏は暑かったので、紅葉が遅れたとのことである。日曜日の今日、庭園内は、多くの人びと、たくさんの外国人であふれていた。表記された説明をしっかり読み味わい、六義園の意味するところが、風、雅、頌の体裁、賦、比、興を表現していると知った。また、柳沢吉保は古今和歌集にある和歌にちなんで紀州の和歌浦をイメージして土を盛り、池を掘ったとのことである。柳沢吉保は文人武将であったのだ。案内図を片手にゆっくりと散策を楽しんだ。美しさを語り合う相手のいない一人探索であったが、入り組んだ小道に落ち葉を踏み、岩に腰掛け、真っ青な初冬の空を写す池を眺め、丸々と肥えた錦鯉を目で追いかけた。保護された芝生に入り込み写真撮影をする外国人には、「アウト！アウト！」と手招きしながら注意を喚起し、出てもらった場面もあった。予定の時間いっぱい都会の中の別世界に浸り、モデルのいない写真を激写し、六義園を後にした。

上野公園のカフェで軽い昼食を取り、東京都美術館に向かった。美術館に迷わず来ることができたのは、去る十月、ここで開かれた「日本書展」を鑑賞するために訪れていたからである。わたしの知らない方がわたしの出した詩集の一作品を書の題材として作品に仕上げて、この展覧会に出品したというお便りをいただいていたので、敬意を表するため訪れていた。襖大の大作の「街を創ろう」が掲げられていた。知らないところで詩集を読んで、さらに作品にまで表現してくださった方のお気持ちに涙が出た。第三詩集を差し上げ御礼の気持ちとさせてもらった。そんな思い入れの深い美術館であったので、まっすぐ訪れることができた。

ムンク展は、人気画家の展覧会とあって、会場まで長蛇の列。美術館鑑賞は、「絶対一人で」というこだわりがあるので、心ゆくまで作品にのめり込んだ。ムンクは「画家は孤独でなければならない」という信念で生涯独身であったが、幼くして何人かの家族の死に見舞われるなど喪失の人生でもあった。精神を病み、数々の自画像にその心理状況を描写していた。多くの作品には、現実を描写しながら、同じ画面に裏の心を表す描き方がされていて他の画家では見たことのない作法に思えた。名画「叫ぶ」は、鑑賞者が多いためか、澱まないように誘導帯が作られていた。「叫ぶ」は血のように染まるフィヨルドの夕景の中、「自然を貫く果てしない叫びに耳を塞いで」「人間の不安が極限に達した一瞬」だったとのことだ。果たして向こうに描かれている二人は誰なのだろう。見れば見るほど奇異な作品である。これまた心象を表現しているのだろう。色使いについても岩も海岸線も写実的ではない。概念を排除したムンクだけの色であると思った。ほとんどの作品は死と隣り合わせた命、愛と裏切り、男と女、命の神秘を表現しているという。余韻に浸り、絵葉書を購入して美術館を後にした。

会場を出ると柔らかい冬の午後の日差しが射していた。すさまじい人の波を見ながら、わたしはたった一人でベンチに座り込み、わたしの「叫び」を思い描いていた。あれほどすさまじい「叫び」を有する人生を送ってきてはいないが、今は昨日からの心の「小さな叫び」を思い起こしている。

昨日の酒の席で、「きちんと評価されていることを素直に認められないあなたは屈折しているということだよ」と言う人がいた。そういえば自分には素直さが足りなく「屈折」していると言う思いは、生活のいろんな場面で実感してきている。言った人の指摘は理解できるように思われた。この傾向は治らない気もするが、指摘されたことを素直に受け入れられる年回りともなっている。片意地張らず自分を見つめる柔軟さは、ゆったりと生きる力にもなることは気づいてきている。ゆがんだ屈折でせっかくの友を失うことのないよう、自分を見つめなくてはと小さく叫んでいた。今は友が言うような自分への評価は実感できないが、書き続けることで達成感を持てるようになりたいし、どこかで人を励ましたり社会に貢献ができたりするようになりたいと、いつも灰の中で埋み火を保っているつもりだ。まだ囲炉裏で暖を取っていた幼いころ、前の晩に灰の中に埋めた炭火が、翌朝、まだ赤々とその種火を保っていた光景は脳裏に焼き付いている。わたしの中には消えない種火が燃えている。まだ自分の成長を願う小さな叫びがあることを一人確かめていた。

そしてもう一つ心の灰の中に埋めている火があるとつぶやいている。

わたしは原発で失ったふるさとを書き続けているが「いつまで書いているのだ」という人がいる。反面「あなたは書き続けなければならない」という声も聞こえる。

事故八年が経って、福島では目に見える復興は進んできているが被災を受けた原発立地地区ではふるさとを失った悲しみから立ち上がれない人が多くいる。賠償の額の違いや、実態が目に見えないことなどで県内でも軋轢が生まれている。県外でも「原発事故はもう終わった」という人もいる。「いつまで書いているのだ」という発言は、ふるさとを失った悲しみが実感できない人、その立場を理解していない人が発するのだと思う。実態の届かないところでは、もう復興しているという観念が強く、「いつまで書いているのだ」と言う思いがあるのだろう。「見えない被害に寄り添うことが難しい」というのが原発災害の特質なのだ。それでも実態を話し、浜通りの悲しみを伝えると必ず理解してくれる。

だからこそ「見えない被害をわたしは書いていく」と叫んでしまう。「この八年を忘れていけないし、歴史は消していけない」という種火がわたしの胸の内には埋まっている。

わたしのささやかな小さな叫び。通り過ぎる多くの人たちの姿を見遣りながら、柔らかい冬日が傾き始めた東京の人ごみの中でわたしは一人小さく叫んでいた。

ふくしま復興支援フォーラム

福島大学の元学長が中心になって、福島第一原発の事故による問題点を語り合う「ふくしま復興支援フォーラム」が開催されている。原発関係専門家、自治体所属の人、大学関係者、民間団体、教育関係者、医者、弁護士、被災者が講師となり毎月一、二回行われている。被災の実態、復興の様子、被災者の心理状態、甲状腺の対応、教育の現状、役場職員の実態など多彩な講話がなされてきた。講話、質疑応答、話し合いで組み立てられ、毎回五十人程の参加者がある。感想は後日、ネットを通して発表される。一〇〇回で終了する予定であったが、「続けて欲しい」との声があがり、震災後八年が過ぎて一六〇回を数えている。

わたしには一二〇回目に声がかかった。「見えない被害—思いをことばに託して」と題して話をした。専門家の科学的な話ではない情緒的な話は初めてなので、参加者があるのかとか主催者は懸念していた。いつもと同じ、五十人近くが集まった。復興の陰で、見えない被害で苦しむ人たちの実態や立ち上がりつつある様子、これからの取り組みについて詩を通して話を進めた。咳払いひとつしないで聞き入ってくれ、涙を流している人もいた。直接被災した人、被災者を受け入れている人、県内外から来た人と多彩であった。このように話をすることは、県外の関係者に呼ばれて数回行ってきたが、不思議と県内からは呼ばれることが少なかった。その様子を伝えると、「県内でこそ話すべきだ」との声が多く出された。参加してくれた人達から寄せられた感想は次のようなものだった。

「情景が目に浮かび、言葉の一つ一つが胸に刺さった。浜通りと中通りの軋轢は、事実を知らないから生じている悲劇だ。県外のみならず、県内でも話してほしい」

（四十代男性）

「詩の朗読を聞いて、映像で見たこととオーバーラップして胸に詰まった。多くの人に伝えて、県内の認識を新たにしてほしい」

（五十代男性）

「浜通りの土地勘はないが、故郷への思いが伝わってきた。伝道師として役割を担ってほしい」

（四十代男性）

「思いを言語表現する意味の大きさを感じた。言語表現化する力を自然と身に着けることは難しいのでどう力をつけて行くか悩む」

（二十代男性）

「詩と言葉の力で、伝えていく重要性を改めて思った。東京で市民運動をする友人が、あなたの詩を読んで非常に感銘を受けたといってきた。読書会の指定本にし、図書館にも紹介すると言っていた。具体的な表現で気持ちが伝わってくると言っていた」

（六十代女性）

「今日ほど言葉の持つ力を感じさせられたことはない。言葉は時に暴力となり、被害者を傷つける刃となる一方、体験に裏付けられた真実のことばは多くの心ある人の胸を打ち、被災者を励ます力を呼び起こす。語り部として、被災地、被災者の声を発信してほしいと痛感した。福島弁を交えた朗読に時に涙を誘われながら聞き惚れた」

（五十代女性）

「この詩は立派な記録だ。涙無くしては聴けない。だまして原発を建てて、手抜き放題の運営をしてきた会社は、社員を一番先に避難させようとしたことを思い出した。笑っていれば放射能なんて大丈夫だと言った科学者のことを思い出し、専門家も大して役に立たないと思った。原発が次々に再稼働を決めている。また事故が起きることだろう。懲りないもんだ。ベースロード電源なんて……」

（五十代男性）

「言葉、朗読の力の素晴らしさを認識した」

（五十代女性）

「詩のすばらしさに加えて語りがうまく、ひき込まれた。忘れてはいけないと思った、私たちの会でも話してほしい」（七十代女性）

これらの感想を読むと、話すことを通して「見えない被害に苦しんでいる人がたくさんいる」ということを書いて訴え続けていかなければと勇気をもらえる。このフォーラムでは、復興の様子を聞く講話もあり、被災後の復興の変遷も理解できる。どの講座でも「原発は事故を起こすと大変なことになる」という原点は忘れないで欲しいと訴え続けている。このようなフォーラムを推進・継続する関係者に敬意を表したい。

浪江町のこと

福島県浜通りにある浪江町の小学校にわたしが教員として勤務していたのは四十五年前、福島第一原発の建設が始まったころだった。その町でわたしは長男を出産した。産休が明けても母乳が豊富に出て、授業中、ぱんぱんに張った乳房の痛みに耐えられず、休憩時間に用務員室で母乳を絞っては流していた。それを見ていた用務員のおじさんは「いのちの糧を捨てるとは何事だ。俺が連れてくるから飲ませろ」とわたしを強く注意した。その後、校長、同僚、父母の理解を受け、図工室の隅で休憩時間に授乳をさせてもらった。学級の子どもたちも覗きに来ては、声をかけてくれ、長男はみんなにかわいがられて病気もせずに育った。授乳の時間はほんの十五分だったが、わたしにとってはかけがいのない命を育む刻であった。

このころ、学級の表現活動として、毎週、生活の様子を題材に詩を書き「ありんこ」と題した一枚文集を発行し、作品を読み合い、互いを理解するため交流していた。その時の教え子たちももう五十歳を超えた。浪江町が震災に遭って、多くの教え子は福島市に避難していた。そのこともあって、このところ二回ほど集まった。「ありんこ」で生活を交流し合っていた子どもたちは何年過ぎてもとても仲がいい。話はやはり、あの時の小学校時代の思い出話になる。ソフトボールが盛んで、町内の小学校が参加する交流試合があったが、夕方遅くまで練習に余念がなかった。ソフトボールなどルールも作戦も何も知らないわたしだったが、近くに頼んでいた長男を引き取りおんぶして、アンパイアまがいのことをしていた話など思い出話に花が咲く。

「先生知っていたかい?」と言われて聞いた話に驚いてしまった。「先生図工室で赤ん坊に乳飲ませていたべ。あの時、俺らよく先生のところに行っていたのおぼえてっかい。あれは、先生の乳見たくて行ってたんだぞい。『今行けば見られるぞー。』とリレーしてたんだ」「えー、そんなことしてたの!」初耳である。思春期初めの子どもたちが、女性の体に興味を持つ時期だったのだ。用務員のおじさんに、命の大切さを教えてもらっていたが、思春期に入り始めた子どもたちの性教育も実地にしていたのか。その後、どこに移っても、人情味あふれる浪江の人たちとの思い出は、忘れることはなかったが、背景にはこんなつながりがあったからかもしれない。

七年前の原発事故以来、浪江町は全町避難を強いられていたが、この三月三十一日、町の一部が「避難指示解除」になった。今、帰還しているのは約六%とのことである。教え子たちは五十歳を超し、社会の中心を担っているが、子どもや孫、知り合いのこれからを考えると、帰還すべきか否かの判断が難しいと苦悩している。町の一部だけが避難解除になっても、帰還困難地域と壁で遮られているわけではないので、放射能が拡散するのではと不安にもなっている。特に大規模な山火事が起こって、放射能の飛散が発生するのではないかとまた新たな心配が加わったと言う話もしている。避難地での生活に慣れてきたものの望郷の念も断ちがたい。人情味豊かなこの町の人々は大きく揺れ、今、重い人生の岐路に立たされている。

「やれることをやる」大切さ

「ありがとう。ごめんなさい。愛しています」小学校の道徳の時間に話し合うようなくさい文言が組織の発展、活発化の元になるという話を聞いて、意外に思っている。宮城県の海岸部、亘理町は東日本大震災の大津波でたくさんの方が亡くなられた被災地である。ここで今、町民が集い、楽しみを共有し、町行政も見学に来るような明るい活動が展開されている。ワーカーズコープというNPOに似た組織が運営しているとのことだ。組織の中心的な存在になっているのは、震災前、飛行機の整備士をやっていた方である。大津波に襲われ、整備会社が空港から撤退したため、アメリカにある子会社に行くことを打診されたが、被災した家族を残していくことができず、ここで、働くことを選んだという。その方が話した実態は次のようなことである。

「建物は建つけれど、真の復興はまだまだだ」という実態の中、地域住民主体の農産物直売所やカフェなど数々の催しを展開した。が、当初は二六〇〇万円の赤字を抱え、運営に希望を持てなかった。この組織はみんなが出資してみんなが経営者と言う建前で運営されているが、誰も「電気代はいくらかかっているか」「仕入れにはどのくらいかかるか」などその組織自体の中身をきちんと知る会員はおらず、人任せであった。そのことを問題と見たこのリーダーは組織の中身を全員が分かる「見える化」から始めた。純利益の算出のしかたや経費の実態、配分金の仕組みなどを社員全員が学び、数字を「見える化」したことで主体性が生まれ、組織へのかかわり方が変わった。

大津波で大きな痛手を受けた町は、一〇〇〇人を超える町民を亡くした。悲嘆にくれていた地域の人たちを誘って、町民が集い話し合える「元気を出せる居場所をつくる実行委員会」を作り、「支援を受ける」という概念を捨て、手遊び、ゲーム大会、カラオケ大会、クリスマス会、コンサートを有料で組織し、このワーカーズで働く人自体が楽しむことで地域のみんなも楽しむことを主眼に運営してきた。その結果、毎回の催しには、二十五人定員の会場に入りきれない地域の人が毎回集うようになり、関心を示さなかった町行政も見学に来るようになった。有料弁当を作り、農産物を販売し、参加費を募ることで経済的にも運営が楽になっていった。

大きな被災を受けて、命が助かり生かされた道をどう生きるかを考え、どん底まで落とされた現実を直視し、町民同士が互いに守り合わなければならないということに気づき、互いに学んだことで、行動する人々が増えて言った。「自由でいい」を合言葉に、「型にはめない自由な発想」で、「他人事を自分事」へ、「困ったら、みんなでやるから気が楽」と、「結果はすぐに求めない後からついてくる」のだから「五感を生かして難しく考えない」。「数字を追う仕事にせず、数字から読める工夫と総意を生かす」をモットーに、「ありがとう。ごめんなさい。愛している」を合言葉に運営して来た。震災を決して忘れず、いのちに感謝し、挑戦し続け、人と人とがつながり合い、愛おしむことで、地域と共に進み、みんなの居場所ができ笑顔から生まれる環境を創り出してきた。基本は「自分たちが楽しまないと人は集まらない。答えを出すのは参加している地域の人たちの生の声」と話し合ったとのことである。

わたしは、労働者協同組合（ワーカーズコープ）という組織があることを初めて知った。発足して四十年ぐらいたち、福島ではまだであるが、東北各地で運営が展開されているとのことだ。発祥地はヨーロッパで、働く人全員が出資者で責任を分かち合い、人と地域に役立つ仕事を起こす協働組合。一人一人が労働者であると同時に経営にも参加し、一人一人が対等な立場で行う、新しい働き方をする組織。

街づくり関連事業や介護、子育て、就労支援、公共施設の管理運営などボランティアではなくて、報酬の発生する事業を展開している。今は法制化されていないが、近いうちに法制化が実現するとのことである。宮城県の亘理町で展開されているワーカーズの実際を聞いて、自分達が町復興の主体的な取り組みの担い手になるというイメージがわいてきた。

わたしはこの様子を聞いて、つくづくと自分の考えを見直させられた。津波と地震だけの亘理の被害とは違い、わたしたちは、原発の被害を受けた被災者であるため、原発に怨念の憤りを持ち訴えてきた。それは避けることのできない基本的な思いであるので決して譲れないが、被災したみんなでこれからをどう生きて、どうふるさとを取り戻していくか、住民が主体になって話し合う大事さには目が向かなかった。行政に任せぱなしで来た。怒りは怒りとして忘れないが、これから生きていく力を結集する行動は足りなかった。全国津々浦々に散らばってしまったわが故郷であるため、亘理のような取り組みは不可能であるけれど、「ふるさとを忘れないために、やれることをやる」という考えは足りなかった。話を聞きながら、主体的ではないことを感じた。どんなことができるのか、今からでも遅くない。考えていく大切さを学んだ実践報告会であった。

見えない被害

県内の自主的な教育研究会で、小学六年生を担任するという女の先生が、次のような話をした。「被災地から転校してきた男の子を担任している。その母親が、クラス全員に文房具をプレゼントして、どんなにお金があるのだか、節分には全校生に豆を送ってくれた。それなのに周りとトラブルが多く、避難者を馬鹿にしているなど母親の気持ちが安定しない。寄り添うしかないとわかっているが困っている」と。「どんなにお金があるのだか……」のところで、「ハハハ……」と会場の二、三人が笑った。咄嗟にわたしは、この笑いは、被災者を理解してない笑いだと思った。心ある先生方の研究会でも、被災者に対する考えは同じではないことを感じたわたしは、悶々として、次のように発言した。「大津波で家を失い、原発で故郷を追われた被災者を、受け入れ、苦労をおかけしている県内の先生方に被災地出身の者としてお礼を申したい。と同時に、どうしてもわかってほしいことがある。自分の落ち度が何もないのに故郷の全てを奪われ、再び帰れない被災者の喪失感と悲しみがどんなに深いか。全て失って最後に親が願うことは、子どもが差別やいじめにあわないことだと思う。そのために、普通では理不尽と思われるが、何とか子どもを守ろうとする行為に必死に走ることがある。その行為は第三者から見れば『何ほどお金があるんだか』という受け止め方になる。賠償というお金が介在すると被災者と受け入れる側の軋轢を生む。そして被災者が悪いような形が定着して、見えない差別が生まれ分断が図られる。福島は宮城や岩手に比べられないほど自死者が多い。それだけ苦悩は深い。そこを理解して、その行為の陰にある気持ちを受け止めてほしいと思う。理解を深め、寄り添うという具体的な行為は、被災者の話に耳を傾け、苦しみを吐き出してもらうことだと思う。十分に聴いて気持ちを受け止め、悲しみや喪失の深さを理解していくことで、母親も落ち行くと思う。忙しいと思うが、何とか話を聞いてやっていただけないか」と。

終わって会場を後にしようとしたとき、話をした女の先生が追いかけてきた。「現場はものすごい多忙で、じっくりゆっくり話を聞くという時間を取ることをしないでいた。その方の立場に立つことは十分にはできないが、話を聞けば必ず信頼関係が生まれ、次のつながりができるかもしれないことに気づいた。相手が変であるという思いしか持っていなかったが、寄り添う意味が分かったような気がする」と言ってくれた。

わたしは、「直接被災した人たちの喪失感や思いはすさまじいものがあると思います。お忙しいと思いますが、話を聞いてやってください。本音を吐き出せば、元気が出て、「物」で何とかしようというような行為は無くなると思います」と伝えた。

同じ県内でも、被災に対する考え方は一つではない。特に福島県は、直接放射能の被災を受け、故郷を離れなければならなかった浜通り地区と、被災者を受け入れた中通り、会津ではこの災害に対する思いが大きく違っている。そのもとになっているのは賠償の違いであろう。すべてを奪われた浜通りの人たちが受けていた賠償額は、他地区の人にとっては違和感を感じるものであった。避難所や借り上げ住宅に住んでいる被災者は、何もやることの無い手もちぶさたから、開店すると同時にパチンコ屋に通い、外食にショッピングにと時間をつぶす生活ぶりが見られ、もともと住んでいる人にとっては、すなおに受け入れられない反発が生じた。同じ県でも言葉遣いも違う。浜通りの人は比較的言葉が荒く声も大きい。土地柄がまともに表れていることに嫌悪感を表す人もいた。本来ならば、いわれの知らぬ人的被害を受けた県であるのだから一枚岩になって問題を考えて行けると思われがちであるが、放射能の被害は目に見えない特徴がある。そのため、あるいは被害を受けている浜通り地区以外でも危機感を持つことが難しい。わたしが最も懸念したのは、こうして県民が分断するということが加害者の思うツボになるということであった。ひとつの力にならなければ、加害をしている側は罪の意識を感じなくなる。差別やいじめが発生するのは他県ばかりではない。内輪にさえも、いつでも軋轢と分断が生じる構造がある。

この見えない被害に対する思いを、せめて心ある先生方に知って欲しいと思う。理解を示してくれた先生には、感謝したい気持ちになった。

ご支援に感謝

一、生業裁判の判決

二〇一七年十月十日、福島地裁にて画期的な判決が下された。

「国と東電に責任！」と。

東京電力福島第一原発事故の被災者約三八〇〇人が国と東電に慰謝料や居住地の放射線量低減〈原状回復〉などを求めた生業裁判の判決で、福島地裁の金沢秀樹裁判長は、国と東電の責任を認定し、原告約二九〇〇人に総額約五億円を支払うよう命じた。津波対策を怠ったと判断し国の指針に基づいた東電の慰謝料を上回る賠償を認めた。

二、金沢裁判長の努力

この日、市の公会堂には、原告を始め何百人もの支援者が全国から集まった。これまでの取り組みを報告し合いながら午後二時の判決を待った。その間、まだ四十代の若い金沢裁判長がこの判決を下すまで行われた並々ならぬ努力をされたことについて報告があった。被災地に入り込み、被災の実態の検証をご自身で綿密に行なわれたとのことである。裁判長は、原発立地町の双葉町、全町避難命令の出された浪江町、夜の森桜街道で有名な立地町隣の富岡町を訪れ被災の実態を細かく調査し、放射線量を調べられた。他町村に避難している被災者を訪ね、被害の実態を聞き取り、喪失の悲しみに耳を傾けられたとのことであった。果樹農家に足を運んでは、風評被害や作物の流通の被害について聞いて回られたとのことでもあった。これほど誠実に被災者のありのままを直に調査した裁判長の報告を聞き、会場は拍手に埋まった。

三、地裁前で待つ原告と支援者の涙

市内をデモ行進した後、地裁前には何百人もの支援者が集まり、十七人しか傍聴できない結果を今か今かと待った。原告をはじめ集まった全員が、「真の被災者救援に向けて一歩前進してほしい」「他の同種訴訟の先例になってほしい」と願って発表を待った。

午後二時過ぎ、三人の若い弁護士が丸めた紙を持ったまま、落ち着いた足取りで記者席に向かって歩いて来た。以前、テレビの映像で見た勝訴の場面では、駆け足で支援者に近寄った画面が頭をかすめ、「ああ、負けたのか……」という思いにかられた。

が、弁護士たちは、一人ずつ「勝訴」「国と東電断罪」「被害救済広げる」の書付を次々に開いていった。待ち受けた支援者たちの間から怒涛のような声が起こり、拍手が沸き上がり、知らない人同士抱き合い、涙にくれ握手握手の現場になった。たくさんのテレビカメラがその様子を追った。原告の一人であるわたしも、あふれる涙を抑えることができず、友人とかたく抱き合った。

五か所も六か所も転々とした被災者、逃げる途中で命を絶ったお年寄り、何年たっても帰れないふるさと、イノシシやハクビシンに乗っ取られているふるさとの住み家。帰還可能を待ち侘びて帰った故郷であっという間に倒れてしまった農家の人、家族と別れて一人で避難していた教え子の孤独死。補償金が介在しているため軋轢が生まれ、同じ県内で分断されている地区。この六年間のできごとが、次から次へと浮かんできて、うれしさと悲しみで深い感慨に揺り動かされた。

四、判決報告集会

場所を変えた判決報告集会は、会場に入りきれない人々で埋まった。人々の顔は、みな晴れがましく見えた。苦しみが、賠償と言う形になって反映された。直接被害を受けた浜通りだけでなく他の地区にも補償することを要求した判決に、県内で生まれている軋轢が少しでも解消されるのではないかとの思いも持てた。さらに茨城県の一部でも認められるなど賠償の範囲と上積みもとても喜ばしかった。判決を待つ原告らに向かって金沢裁判長は、終始穏やかな口調で判決の意義を説明したという。

五、弁護団への感謝と尊敬

これだけの訴訟を闘ってきた弁護士の先生は、裁判ごとに涙ながらに訴えていた原告の論述を思い起こしたのか、彼自身も声を詰まらせて経過を説明して言った。「弁護士の俺が泣いてどうする……」などとつぶやきながら。ふるさと喪失による損害賠償は認められなかったが、裁判長は「喪失の悲しみは理解できる」などとの文言も語られたという。経過をわかりやすく順序だてて説明する弁護団の語り口にわたしは、「こんなに誠実におごらず心と頭脳が一致して被災者の立場に立ってくれる人もいるのだ。ほんとうに優れた人たちなのだ」などと弁護団への感謝と尊敬の念で胸がいっぱいだった。

奪われた人権、尊厳の回復、銭金ではない故郷を取り戻すための断罪を積み重ねて、政治の在り方を変えていく足掛かりができたと話された弁護団の面々。謝らせて、償わせて原発を無くし、再生・復興の道に迫るための武器が与えられたとも語られた。目には見えない多くの被災者の数だけある悲しい物語のページが、みんなの前に開かれた。

六、さらなる理解とご支援を

しかし、今回の判決が、結審ではない。補償の対象にならなかった会津地方に対する賠償なども含め、さらに仙台高裁に控訴することが決められた。その判決のためにわたしたちは、原告の数を増やし、この原発のもたらした問題をこれまでよりも声高く訴え、全国に知ってもらわなければならない。

そして、多くの訴えの先駆的役割を果たしていかなければならない。わたしたちの勢いをどうつけて行くかがこれからの道を決定づける。

応援してくださった全国の皆さんに感謝しながら、さらなる理解と支援をいただき、まだまだ現実的には見えない被害に苦しむ人たちの実態を訴えていかねばならないと思う。

〈一部福島民報新聞参照〉

忖度する市幹部と忖度しない新館長

二月の末、市の機関から「言葉で紡ぐふるさと」について九十分話してほしいと要請があった。三・一一から八年目の三月なので、「わかりました」と引き受けた。ところが、二週間経ったころ断りの電話が入った。係の人の話によると、館長が執り行うコア会議で、「どんな話をするかわからないのでとりやめた方がいい」という断りの連絡であった。拙作の表現の中にあった「核廃絶」という言葉にこだわったためなのだろうか。市自体は昭和六十一年に「核兵器廃絶平和都市宣言」しているのにもかかわらず、今どき誰かに忖度しているのだろうか。陰で文句を言っていてもしょうがないので、その館長宛に思いを綴ったお便りの送付を試みることを思い立った。以下はその下書きである。

桜の開花が待ち遠しい昨今となりましたが、館長さんにおかれましてはご健勝にてご活躍のことと拝察申し上げます。

わたくしは二階堂晃子と申しますが、唐突にお便り申し上げる失礼をお許しください。二月の末、係の方を通して、貴機関において九十分のお話をするよう要請があり、ご承諾申し上げました。三月七日には関係の方お二人と日時、場所、内容、資料について打ち合わせをさせていただき、翌日、タイトルの原稿をお送りし、担当に添削していただいたところでした。

六月二十五日に向け話す内容について原稿をしたためる作業に取り掛かり、前もって見ていただく用意をしていましたが、三月二十九日、担当の方からお電話をいただき「仕切り直しをする」とのことで、お話をさせていただくことを断られました。理由については深く承知しておりませんが、館長さんのご意向、ご判断によるものとのことでした。

確かにどのような人物に話をさせるかは、責任のある方にとっては最も関心があることと理解できますが、私が勝手に推察するに、お断りになられた理由を次のようなことにあるのではと考えました。

1、原発問題については多様な考えがあって、偏った話になる懸念があると予想する。

2、公的な場では、差しさわりのある今日的課題については話してもらいたくない。特にオリンピック開催にあたって、多くの方に来ていただきたいのに震災について語ることはマイナスイメージになりかねない。
などを心配されての断りかと存じました。
その他もあると思いますが、よくはわかりません。

私は原発立地町の出身者として故郷を失ったこと、また飯舘村、浪江町の各学校に勤務し、今でもその時の子どもや親さんたちからこの度の災害の知られていない悲しみを、たくさん伺ってきました。教え子たちは聴いてくれる人にしか話せないと心の深いところを涙ながらに話してくれ、ふるさとを失った人たちの目に見えない悲しみを感じてきました。

未だに続いているこの実態を知って欲しいと思い、他県の大学、先生方の集まり、短歌全国大会、YMCAの大会、現代詩人会仙台大会、七尾市公会堂での朗読会などで発表させていただきました。横浜では「希望をつなぐコンサート　～あの日から8年　福島のこどもたちを忘れない～」でも自作の詩を朗読させてもらいました。どこでも多くの方々のご理解と励ましの言葉をいただき、「初めて知った」とか「関心を持たなければならない」とか「浜通りの人に対する認識を変えた」とか「語り部として続けて欲しい」などの感想をいただきました。なるべく事実に基づいて率直に話すように努めてきました。応援してくださる方々がいても、偏っているとかの批判を受けたことはありませんでした。

個人的なことですが、原発立地町の実家の兄は、震災前から行政区長を務め、震災に見舞われてからも、全国に散らばった被災者とずっとかかわってきました。そして、昨三月に区長を退任しました。しかし、仕事を終えた安ど感に浸る間もなく六月に脳梗塞を起こし不自由な体になってしまいました。故郷を失った上に、震災のせいばかりとは言えないけれども、描いていた老後とは全く違った人生があまりにも早く来てしまいました。震災関連死者は二五〇〇人を超え、県内の自死者も一〇〇人を超えたと言われています。他には見られない事態です。表には見えない問題が多くあり、二度とこのような災害を起こしてはならないことは伝えていかなければなりません。

内堀県知事もNHKの日曜討論会で「ふるさとを亡くした方々の心の傷に関心を示し、対策をとっていきたい」と話されていました。知事のご理解に心を打たれました。

原発立地町の小学校にいた先生が当日から記録を続け、各地に散らばった親さんや子どもさんたちに送り励まし続けた学級通信を読ませていただきました。私は、震災の状況をリアルに伝えるこの記録を多くの人に読んでもらいたいと考え、出版社に交渉をして本にして流通の波に乗せていただきました。内容が評価され平成十八年の県の文学賞の特別賞に選ばれました。また私自身の第一詩集も県文学賞詩の部で奨励賞などもいただき、偏っているとか、大きな問題を含んでいるとかは自覚していないところです。

過日、東京の小学校の卒業式を参観した時、校長先生が式辞で「ふるさと」の大切さを話されました。「皆さんの故郷を大事にして愛してください。故郷を大事にすることは、東日本で故郷を奪われ、帰ることができない子どもたちの心に寄り添うこともできるのです」と話されました。福島から何百キロも離れた地で、大切な節目の時にも、東北の震災のことに思いを馳せて子どもたちに伝えてくださる校長先生の真心に感謝の念を持ちました。

私たちは被災県として直接被災した浜通りも、被災者を受け入れている他の地区も、狭い思いに拘泥せず、現実に目を向け寄り添い、理解し合い、真の復興を成しえることが大事であると思います。

担当の方が一度決まったことを断るということは大変な負担であったと拝察していますが、同時に話を依頼するためには、事前に十分検討され幅広い市民の声を聴くというスタンスをもって準備、推進いただきたかったと存じます。そうすれば、私のように傷つく者も少なくなることと思います。

表現していることに懸念を受け、一方的に是非を判断されることは理不尽であるという思いを陰で嘆いているよりも、被災した者の思いや該当県としてこの災害を風化させてはならない思いなどを直接お伝えすることが筋ではないかと考え、失礼とは存じながら乱文をしたためさせていただきました。この震災について、市のリーダーであられる方々のご理解と応援を切にお願いいたします。

どうぞご自愛の上、ご精進くださいませ。

二〇一九年三月

依頼されたことを一方的にないがしろにされたことに対して、関係の館長あてに以上のような文面を吟味した上送付した。その後、ご本人からの返信はなかったが、四月の人事異動で新しい体制が組まれたとのことで、新館長から
「大変失礼な対応をしていたことをお詫びいたします。謝罪に伺いたく存じます」
というお便りが届いた。謝罪、話し合いの場が設けられ、理解を得ることができた。こちらの思いが通じてか、九月に再度講話の場が設定された。
該当県として震災の風化を防いでいく重要性があるということを確認し合えたと思っている。旧館長がどのようなことを思い込んでいられたのか真意を知りたいところである。

四章　ふるさとを思う

非日常の始まり

一、姉からの電話

早朝六時、電話のベルが鳴った。こんなに早く誰からだろう。布団を蹴って電話に飛びついた。「川俣高校までやっと来た。迎えに来て……」疲れきった声の主は双葉町に住む姉であった。三・一一から二日間、安否が確認できないでいた姉一家。昨夜まで川俣町の全ての避難所を探し回ったが何の手がかりもなかった次の朝のことである。わたしは、「早く迎えに行って」と大声で夫を起こした。

昨夜は三月も半ばだというのに身を切るように風が冷たかった。川俣町は闇に包まれ真っ暗であった。発電機や懐中電灯で灯りをとっているらしい小学校にまっすぐ向かう。薄暗い体育館の入り口に立つと、避難している人、知人を探しているらしい人、町の係の人たちでごった返している。靴を脱ぐのもじれったい。対応にてんてこ舞いしている受付の係らしい人をつかまえ尋ねた。

「ここには双葉町の人はいますか」

「きっといると思うけど、誰がいるかはつかんでいない」

きちんとした名簿もなく統制など何も取れていないほど混乱している。体育館に足を踏み入れる。目を凝らすと、疲れきった姿の人たちが隙間なく無秩序に座り込み横たわり、ひそひそ額をつけるように話をしている。赤子の泣き声や耳に入る。隅から隅を見回すと、真ん中あたりに実家の隣のエイコちゃんの姿を見つけた。駆け寄り、「エイコちゃん」と声をかけると、彼女は、すぐ立ち上がりくしゃくしゃの顔でわたしを見つめ、手を取った。無事をたたえ合った後、姉の安否を尋ねると、

「あいやー、クーちゃんにはぜんぜん会わなかったなー」

取るものもとらず大混乱の避難騒ぎで、姉一家にはこの二日、一度も会っていないという。何の手がかりもないまま、懐中電灯の明かりを下向きにして座っている方々の顔を遠慮がちに覗き込む。壁に貼られた紙を上から下まで探す。手書きのメモを指でたどりながら確かめる。形跡はなにもない。五ヵ所すべてをまわり午後十時が過ぎた。月館に通じる道際の小学校に最後に回ったが、

「区長さんの姿は一回も見てねど」

と腕章をつけた町職員の人が言う。夫とわたしは、黙りこくって夜道を走った。家に着くと「必ず連絡が来るから」と夫に励まされたが返事はできなかった。そして眠れぬ夜が明けたときの電話だった。

二、倒れるように座り込んだ

我が家にたどり着いたのは姉家族三人、隣近所の方々四人、計七人だった。おじちゃんはどこかの施設のスリッパを突っかけ、兄は水色のタオルのパジャマズボンのまま。泥んこの長靴の姉、そして綿入れ袢纏のおばチャン、エプロン姿の奥さん。

「お邪魔します。お世話になります」

としわがれた声であいさつをしながらも、倒れるように床暖房で暖めていた洋間に座り込んだ。わたしは、

「早く早くあったまって」

と言いながら、近所の方々に助けてもらって握ったおにぎりとトン汁をすぐに運んで勧めた。

「ありがたいー。三日目でのはじめての温かい食事だ」

手も洗わずにおにぎりをほおばる姿には、三日間逃げ惑った疲れがありありと見えた。甥を除いては、みんな七十歳を過ぎた年寄りばかりである。食後、コタツにもぐりこむと全員すぐ横になった。毛布を掛けてあげながら、せめて泥んこの体をお風呂で流してもらいたいと思いながらも、断水にはどうにもならなかった。

三、津波に乗り込まれて

小一時間過ぎて、茶の間に戻った兄夫婦が地震から三日間の様子を次のように話し始めた。

これまで経験したことのないような大きな地震直後、区長をしている兄は、軽自動車で地区民の安否確認にすぐ出掛けた。三十軒の家々を訪ね、傾いた家、落ちてきた瓦、崩れた塀の有様を目の当たりにしながら、地区民の嘆く声を聴いた。地域の人全員が無事で大丈夫だったことに安堵し帰宅しようと橋に差し掛かった。ふと海のほうを見たそのとき、まばらに立つ松林の上に、とてつもなく高い、真っ青で脇のほうがオレンジ色に染まった波がせり上がるのを見た。

その波は幾重にも山となって迫り、真っ黒に色を変えてなだれこむように押し寄せてきた。とっさに家に戻らねばとアクセルを思い切り踏み突進した。が津波の速さは想像を超えた。暴れるような水の量と速さはすさまじい勢いで迫ってきてあっという間に兄の車を飲み込んだ。次の瞬間、車はぽかっと浮き上がった。数え切れない瓦礫が、屋根をつけたままの家屋が流されてきた。よけようにも術がなく車はぶつかっては離れ、水はうねりとなって折り重なるように押し寄せる。車は前を向き横になり、もまれもまれすさまじい速さで流された。兄はハンドルにしがみつき瓦礫が車にぶつかるたび首をすくめた。（俺はどうなるのだ）と思い始めたときはもう、四〇〇メートルぐらいは流されていただろう。車は生垣と家屋の間の路地にどんどん押し込まれるように運ばれていった。車の後部ガラスが立ち木に打たれバリバリと破けはじめた。（車はもう使い物にならないな）と思ったとき、割れた窓から水が流れこんできた。初めて（助からないかもしれない）と恐怖が襲ってきた。夢中で窓を開けるハンドルに手を掛けるとガラスが下がり窓が開いた。その隙間から手を出し、瓦礫をつかんだ。全身の力を込め、窓からにじり出ると同時に、車は傾きながら流されていった。

助かった。が、引き波を待っていたら、すさまじい速さで持っていかれる。崩れかけたブロック塀にしがみつき水に漬かったまま耐えた。がちがち震えながら水が引くのを待つ時間はとてつもなく長かった。

四、夫を待つ

一方、姉と甥は、家の裏山に祭られている氏神様の祠に登り、津波を逃れていた。家の前を流れる前田川が盛り上がり、下の畑の四十本の梅の木が押し寄せる波に根こそぎ抜かれもっていかれた。道路沿いの家々は次々に飲み込まれ、ついに我が家に真っ黒な海水の大群が流れ込んできた。停めておいた四台の車が浮き、いかにも軽々ともまれ飲み込まれていく。津波に集落が消されていく一部始終が目の前におきている。夫が戻らない。姉は、大きくなる不安におののきながら

「お父ちゃんが帰ってこねー。どうしよー、どうしよー」

と泣きわめいた。甥子は、母親の肩に手を掛け、なんの確証もないものの

「お父さんは冷静な人だから大丈夫だ、絶対助かっから、絶対助かっから大丈夫だ」

と繰り返しつぶやくばかりだった。

動くことも様子を知ることもできず、目の前の異様な光景におののき、根こそぎ流される樹木、屋根を乗せたまま運ばれる家々、ぶつかり合う瓦礫、幾台もの飲み込まれる車、想像もしなかった現実が続いていた。

やがて、水が引き始めた。兄が泥に脚をとられながら瓦礫や崩れた大谷石の重なる中、全身ぬれねずみでふらふらと家の坂道を登ってきた。

「お父ちゃん！」

姉は石段を転がるように駆け下りた。結婚して四十五年が経って、人前で始めて夫婦で抱き合っておいおい泣いた。

五、「命令です。早くにげてください」

残った二階で兄は震えながら泥を拭き、息子のパジャマに着替え毛布にくるまった。外は夜の帳が落ち、ろうそくを灯した姉の家に、逃げ延びた近所の人々が集り始めた。甥子は店から流れてきた菓子袋を拾って泥をぬぐい食べられる分を取り出して、近所の人たちの腹ごしらえを試みていた。

しばらくして、すさまじい慌てふためいた声が家の前から聞こえてきた。

「避難してください。二次災害が怖いから逃げてください。命令です」

漆黒の闇に包まれた十時。窓からもれたろうそくの灯りを認めたらしい広域消防団の団員が飛び込んできた。消防団員のあまりの勢いに半信半疑のまま外に出た。

「何かあったんですか」

「とにかく、ここにいては危ないんです。すぐ、早く早く」

どんな危険か説明もないまま、

「とにかく今夜は行くしかねーか」

と言いながら、津波の届かなかった橋まで瓦礫の中を懐中電灯の灯りを頼りに二km歩いた。近くの神社に避難していた二十人も手をとったり腕を支えたりしながら合流して車に乗った。

「ひどい、こんな津波が来るとは――。誰も流されなかったべか」

「家、流されたんだから、泊まれるとこさ行くしかねーべな」

と語り合いながらも、消防の人が言う二次災害の中身は話題にもならず、街中のヘルスケアセンターに届いた。今夜だけとの思いから、誰も携帯電話も財布もハンカチ一枚すら持つことがなかった。避難用の毛布にくるまり、寒い雑魚寝の一夜が過ぎた。

次の朝、副町長から思いもかけない話が伝えられた。

「原子力発電所が危機状態にあるので、今すぐ次のところに避難してください」

長い間の安全神話に凝り固まっている人たちが顔を見合わせ口々に

「まさかそんなことなかっぺ」

誰もが本気にしなかった。すぐには理解できない雰囲気を読み取った副町長は、

「ここは原発から五kmです。わたしの言うことを信じてください」

と哀願するように訴えてきた。このことばに、初めて「二次災害」の中身を知った地区民は、バスに、自家用車にと我先に乗り、大渋滞の中、五キロ離れた介護施設へ、さらに遠くの体育館へと否応なく従わざるを得ない、非日常への逃避行が始まったのだ。原発が水素爆発を起こし、地域住民に重大な放射能汚染が降りかかっていることが、関係当局はすでに分かっていたはずの昨夜、その事実は一言も告げられていなかった。

ふるさとを思う

——思いをことばに託して

一、はじめに

福島県はたいへん広い県です。浜通り、中通り、会津地方と三つに分かれています。今、中通りでは来年のオリンピックで、ソフトボール、野球の開催地となるため盛んに準備が行われています。その思いが強いのか、中通りなどでは、八年前に起きた災害の話題はほとんど聞かなくなりました。

二〇一一年三月十一日、地震、津波のため福島第一原発で事故が起きました。この原発では首都圏で使用する電力を発電していましたが、この日、四基の原発が、すべての電源を喪失してメルトダウンを起こし、水素爆発によって広い範囲が放射能に汚染されてしまった事故です。

メルトダウンというのは燃料であるデブリが解け出してしまうことだそうです。あの日、デブリを冷やすことができなくなって放射性物質を含んだ水蒸気が発生し、水素爆発を起こしてしまいました。そのため、近隣住民は、避難命令によってふるさとを脱出し、その後ふるさとを失ってしまい、予想もしていなかった人生を過ごさなければならなくなった災害です。

当時、復興するためには何年かかるのかが心配されました。ピーク時には十六万の人々が避難しました。現在では、避難している人は四万二三〇三人となっていますので、少しずつ復興が進んでいることが見えます。

最近の復興の様子として報道されたことは、被災地の隣の富岡漁港が八年ぶりに再開したということ、原発立地町の大熊町で特産のイチゴ栽培で初出荷が試みられたということ、お酒の銘柄コンクールにおいて福島で醸造されたたくさんのお酒が優秀賞に選ばれ日本一に輝いたことなどがあります。

まだ、外国では福島産のコメや果物は買わないというところもありますが、これまで全袋検査という厳密に検査されたお米では放射能の検出は見られなくなりました。果樹の生産高もほぼ回復し、中通りや会津地方では元に戻りつつあります。大きな産業である観光も回復しつつあり、いわゆる修学旅行などにも以前ほどではありませんが来てくれるようになりました。

学校の再開、安全をアッピールする産業の開発などもなされてきています。このように会津地方や中通りでは日常の生活もほとんど元通りになっているように思いますし、災害のこともあまり話題に上らなくなっています。

しかし、原発立地町のある浜通りでは復興はなかなか難しい様子が見られます。放射能の災害があってから数年かけて、地表を五センチメートル剝ぎとる、いわゆる除染作業が行われてきました。そのため、線量が減り、帰還可能になった浜通りの町も多くなりました。

二〇一七年に避難指定が解除された町のうち、三つの町村の住民の帰還は、今年の六月段階で、富岡町は八%、浪江町は六%、飯舘村は一四%です。帰還は可能になりなしたが、帰還した人はまだ少ないことが分かります。帰還が進まない原因は、放射能汚染による八年もの長い避難生活で、自分たちの生活の基盤が失われているからです。線量の関係で子育てが不安なこと、働く場所が無くなったこと、荒れてしまった家のこと、医療機関も少なくなったこと、交通手段も回復していないことなど、帰っても普段の生活ができなくなっているためです。

八年経っても放射能が高いため、二つの町と七つの市町村の一部は帰還困難な状況にあります。帰れない市町村があるということは、復興がなされていないことを示しています。

岩手大学名誉教授の井上先生の話によりますと、帰還して建物や箱モノを再生するハード面は意外と実現しやすいとのことですが、住民のコミュニティや生活を再興するソフト面の再生はとても難しいとのことです。本当の復興は、ソフト面の復興がなされることだとも言っていました。この災害は、人々が元の街で生業を回復し、コミュニティを再生することの大変さをもたらしているという特徴があります。

肝心の原子炉ではデブリ（燃料）の取り出しが始まりました。デブリの取り出しでは、作業員が被ばくしたり、ロボットも近づけなかったりということで、作業が遅れ大変苦労しているようです。順調にいっても三十年から四十年かかるとのことです。

また残っているデブリを大量の水で冷やし続けていますが、原子炉から出る汚染水は毎日一〇〇トン発生して、今一〇〇〇基のタンクが敷地にあります。この取り除けないトリチームを含んだ汚染水をどのように処理するか大きな問題になっています。東電や国では、薄めて海に放出すると考えているようですが、海洋汚染を心配する地元と漁業関係者は反対をしています。

県内各地から出た汚染物質は、原発立地町の中間貯蔵施設に運び込まれていますが、三十年後には他県に移すという法律ができているそうです。しかし、単純に考えてみても、この汚染物質を引き受けるところなどどこにもないと思われます。本当に原発の処理は大変です。

県では　原子力に頼らない再生可能エネルギーの開発を考えていると言っていますが具体案は出されていません。

二、当時のこと

わたしは、中通りの福島に住んでいるのですが、浜通りの原発立地町に実家があります。震災直前、母の介護のためこの実家に毎週二日五年間通い続けました。そのためか、わたしはふるさとへの愛着は以前より強くなり、地震、津波、原発の三重災害で故郷を失ってしまい、大きな喪失感を味わっています。

事故直後のあの時を振り返ってみると、原発立地町のわたしのふるさとを含め、浜通りの市町村には悲しいことがたくさんありましたし奇跡も起こりました。
特に太平洋に面し、原発から五キロ離れた、わたしの母校のあった請戸地区では、助けられるはずだった多くの命が見捨てられるという最も悲しいことが起きていました。

生きている声

確かに聞こえた
瓦礫の下から
生きている声
うめく声

人と機械を持ってくる
もうちょっとだ！
がんばれ！

救助員は叫んだ

三月一一日
14：46　地震発生マグニチュード9・0
請戸地区14メートル津波発生
15：00　原発全電源喪失
19：03　原子力緊急事態宣言発令
21：23　原発3キロ圏内に避難指示
翌5：44　避難指示区域10キロに拡大

救助隊は準備を整えた
さあ出発するぞ！
そのとき出された
町民全員避難命令

うめき声を耳に残し
目に焼き付いた瓦礫から伸びた指先
そのまま逃げねばならぬ救助員の地獄
助けを待ち焦がれ絶望の果て
命のともし火を消していった人びとの地獄
請戸地区津波犠牲者一八〇人余の地獄
それにつながる人びとの地獄

放射能噴出がもたらした捜索不可能の地獄
果てしなく祈り続けても届かぬ地獄
脳裏にこびりついた地獄絵
幾たび命芽生える春がめぐり来ようとも
末代まで消えぬ地獄

仮設住宅の自治会長をしていた本田さんも次のように語っています。

「請戸の浜に立つと、今でも助けを求める泣き声が聞こえる。救助活動の準備のため、浜を回った消防団員は、多くの被災者の助けを求める声を聞いていた。このとき、請戸の線量は風向きによってかなり低かったとのことだ。スピーディさえ公表されていたら救える命があった」と語っています。

この地区にはわたしの母校請戸小学校がありました。海から二〇〇メートルしか離れていなかったのですが、多くの犠牲者を出した地区であったにもかかわらず、子どもたちには犠牲者を出しませんでした。一面が平地で近くには避難場所がない地形の中で、八十一名の子どもたちと十三人の教職員は、一・五キロメートル離れたたった一つの高台、大平山に逃げました。その十分後に津波が押し寄せました。逃げる途中、靴が脱げ裸足になってしまった友を助けたり、高学年が低学年の手を引いたりして、田んぼのあぜ道を走って逃げました。大平山は集落の西端で先生方はその山の様子をあまり知りませんでした。しかし、そこで遊んだ経験のあった子どもたちが、「北はだめ、南に行けば裏に出られる」と情報を出してくれたために、国道にたどり着きました。ちょうど通りかかった大型トラックの荷台に全員救助され、避難所についたのでした。たった一人の犠牲者も出さなかったこの逃避行は、請戸小学校の奇跡と言われ、たくさんの書物にもなりましたし、東京の劇団が舞台で演じてくれたこともあります。

請戸小学校では、常日頃から先生と子どもたちの意思疎通がよく成され、子どもたちが地域の特質も分かっていたため、このような非常事態に遭っても迅速な対応をとることができ、一人も犠牲にすることがなかったとのことです。今この学校は請戸でたった一つ残った建造物として、災害遺産に指定され国の内外からたくさんの方が訪れています。

まだ放射能の数値が高い一年後、わたしたちは故郷に入りました。線量が高いため片づけられない膨大ながれきが残っていましたが、重なったがれきのあちこちに三角の小さな赤い旗が建てられていました。そこには引き上げられない犠牲者の存在があったということです。放射能の怖さを知りました。わたしの生まれた家は、地震と津波で崩れていましたが、さらに別な被害も受けていました。

書付

—どろぼうへ
もって行くことは許しません

もって行くあなたは罪人です
もって行ってもあなたは幸せにはなれません—
上り框に張り付けられた家主の書付が風に震えてる

「平地にしてあげます
いるものといらないものを整理してください」
その筋のお達しに
暗証番号2〇〇〇で道路封鎖のゲートを開き
書付震える我が家に入り込めば
時計も貴金属もブランドバッグも絵画も
金目のものは何もない
被災者が去ったもぬけの殻の穴場は
格好の掻き入れ場所と
持っていった泥棒は罪人です
全部は持ち出せなかったとしても

全部　そう全部
家、屋敷、井戸、梅林、竹林、田畑　舞い飛ぶ小鳥
庭に遊ぶアリもヘビも　緑の風、ここだけの匂い
浜通りのコバルトブルーの青空
来し方、生業、つながり　そして先祖の霊
そう、ふるさと全部

―全部持っていったその筋へ
あなたたちは紛れもなく罪深い人たちです
あなたたちは私たちのふるさと全部を奪いました―

家主が本当に貼り付けたかったに違いない
本当の書付

そのほかにも悲しいことはありました。線量が高いことを知らされず、幾日もそこにとどまらなければならなかった地区の人々もいました。また、介護施設のお年寄りが、バスで避難の途中に四十人以上もなくなってしまったことも本当に悲しいことです。

わたしの実家の兄は地区の区長をしていて、あの日、地区民の安否確認の最中つなみに飲み込まれ流されて、奇跡的に救助され九死に一生を得ました。その後八年間区長を続けましたが、区長をやめた直後脳梗塞で倒れてしまいました。一命はとりとめましたが、今、避難地の施設にお世話になる状況になり、自分はどこで人生を終えたらいいのかと会うたびに苦悩しています。災害のためばかりとは言えませんが、高校の教師をしていて闊達だった兄でしたが、思っていた老後とは全く違う人生を今送っています。

三、数年が経って

三年前ごろから避難解除になった地区では、いち早く帰った人もいました。しかし帰ったのは、高齢者が主でした。避難中にどんどん年を取り、帰還しても大変であると飯舘村の人が語っていました。

帰村

みどりの風の香満ちて　一二〇〇年
土をおこし　種まいて　生きて築いた　手作りの村
人の　自然の　知恵や力をない混ぜて
田おこしの声　野に山に木霊し
お国言葉　交わし合った
古い大きな屋根並ぶおれの村

ある日　地が裂け、海怒り　山崩れ
こちら向きの風が吹き　いつもと違う雨が降り
好奇も恩恵も関わりもなかった
三十キロ向こうの原子炉から吹き出した
見えない毒が地を這って

古い家並みのおれの村は　消えた

逃げたところでは　息をしてればいいという如く
生業もなく　ふさぎ込んだ八年
カボチャやえごま育てた人もいたのに
おれは何もできないままに

やがて「道の駅を建てた　学校も全て無料」
さあ帰ってこいと
堆《うずたか》く黒い袋のピラミッドの隙間に
ソーラーパネルの大群が鈍色に光る地に
八つも年を重ねて戻って見たけれど
おれの輝いていた農地は息もせず
手には重すぎる鍬　御する力も萎えて
耕す担い手　息子も孫も　もう帰ってこない

還らなければ　ふるさと無くし
還ってみても　年ばかり取って仕事もできず
逃げても　還っても
生きがいはどこにも　もう見当たらない

誘われて　集った会で吐いてしまった　無念
駆け寄る仲間に肩抱かれて
励まされ
ちょっとだけ元気になれた俺だけど

また高齢者には二次的な被害が起こります。わたしの教え子の親さんがわたしを訪ねてくれて、語ってくれたことはやはり悲しいことです。

ぶっし合わせ　—喪失の連鎖

帰えちゃくて、帰えちゃくて
何日も前から、しんしょ道具軽トラさ積んで
解除になったその日に還ったんだ
にこにこしてな
家の中まてて
畑さ行って
いのしし入んねように柵作って
晩方は焼酎飲んで
隣もその隣も誰も帰っては来てねかった
ほんでも「家はいいなー」ってじいちゃん
このお日様の色　この匂いだって

ほれがよ
ちょうど還って三月目、昼間
ご飯食ってて「がくっ」

そのまま逝っちまったんだ
ほんなことって考えらんにぇべ
あんなに好きだった家にやっと帰ったのに

あの時から
こっち一年あっち二年って
八十過ぎたこの年でよ
何処さ行っても黙っていらんにぇから
公民館の草取りしたり
もてあましてる畑作ってやったり
老人会に混ぜてもらったりしたけんじょ
じいちゃん
「家さ帰えちぇ、家さ帰えちぇ」って
どんなことしても我が家、忘れらんにぇかったんだ
それなのに、あっという間に逝っちまって

「一人で置くことできっか」って
街の息子、連れに来た
冷蔵庫、空にして、雨戸たてて
じいちゃんの位牌
紫の風呂敷に包んで
また家捨てた
降ってくるようなせみしぐれにせかされて
またまた避難だ

パンツの果てから割烹着まで
放射能沁み込んでかもしんにぇから
全部着替えろって、若いもんが
新しい家さ入る前、涙、出ちまった
我が専用の部屋はねえんだ

割烹着がエプロンになって
飯台からテーブルになって
庭はコンクリート
「慣れろ」って言わっちぇも
八十過ぎだべした
いっつも家の方の空眺めてる

原発ダメになっちまってから
ぶっしあわって、ぞろ目でやって来んだ

＊帰えちゃくて＝帰りたくて　＊ぶっしあわせ＝不幸せ
＊しんしょ道具＝暮らしの財産　＊まてて＝片付けて　＊我が＝自分

福島県の災害関連死で亡くなった方は二二五〇人に上りました。また、福島県内の震災関係の自殺した人は、一〇〇人を超えたそうです。東日本大震災での全国での自殺者が二二六人と言われますがその半数が福島県で起きています。宮城県岩手県の二倍です。五十代六十代が多いということですが、ふるさと喪失と関係が大きいのではないかと思われます。この様子は、心の復興がなされていない人がまだ多くいるという表面には見えない被害を物語っていると思います。

原発立地町の小学校に四十五歳だった女の先生がいました。その先生は、あの時の実際の様子をリアルタイムで記録し、全国に散らばった教え子とその親さんたちを励ますために、学級通信として発行し送り続けました。その記録が、わたしのもとに送られてきました。表には見えないすさまじいあれからが記録されていて、被災者の生の実態を知らされました。多くの方に知ってもらわなければならない内容が記されていると思い、わたしは、本にして流通の波に乗せえもらおうと出版社に交渉を重ね、実現することができました。できたとき、いじめが発覚した横浜や新潟、関東圏の教育委員会にも送ってもらいました。

この本には、こんなことが書かれていました。

「ここで子どもたちの怖さを紹介しておきます。普段は仲のいい友達が、けんかをすると急に『放射能来るな』『お前弱そうだな』『原発ちゃん』『放射能映るんでしょう』『原発のそばの人ってたくさんお金もらってんでしょ。いくら？』『あなたのものはみんな貰い物』こんなことを言われて心に傷を負っても、子どもはすぐに大人には教えません。しばらく我慢して、反撃して、話せるようになってからやっと『こんなことがあったんだよ』と教えてくれるのです。」と書かれていました。

この先生は、六年が経ったときにこの本を出版したのですが、その時も心の傷が癒えていないと言っていました。あとがきで次のように語っています。

「わたしの生活はすべて仮です。そう思ってはダメだ、これが現実だとわかっているのに、仮の生活を感じてしまいます。頭の中はいつも、『地震』『原発事故』『避難』『よそ者』『ここにいない方がいい』と言う感覚があります。だからあの時に似た光景を見たり音を聞いたりするだけで、一瞬にあの時に心が戻ってしまうのです。どうしようもなく心細くなります。それは、生活の中のあちこちにあります。」と書いています。

この本は、早稲田大学の先生が、多くの被災の本の中でもリアリティの点で群を抜いてると新聞で論評してくれたこと福島の新聞社が主催する文学大賞で特別賞に選ばれことなどで、多くの方に読んでもらっています。

学校の状況は、二〇一〇年度に一七七三人いた原発立地町の隣町の浪江町の小中学生が二〇一八年度には七人、一四八七人いた大熊町の隣の富岡町の小中学生は二十三人、一一九二人いた原発立地町の大熊町の小中学生はゼロ人という今の実態です。同じ立地町の双葉町も五五一人いましたが今はゼロ人です。八年が経っても子どもたちが帰っていません。多くの子どもたちは全国に散らばったり、県内の学校や仮設校舎で学んだりしていました。子どもたちが町に戻らない実情は町の存続を考えても深刻な問題です。

わたしたち研究同人は事故五年後、中通りに建てられた仮設校舎を訪ね授業を見せてもらいました。その時の子どもたちはこんな様子でした。

学校

土砂降りだった
工場の空き地に建てられた仮設校舎の
鉢植えの花々も雨に打たれてた
給食を終えた子どもたちの声が響いてる
廊下いっぱいに

五年生は七人のお友だち
教室に先生は三人
担任が二人と国語専科の先生と

どうして担任が二人かって?
一小二小の合併校だから
校長先生だって小学校に二人、中学校に二人
ひとつの校舎に校長先生が四人、教頭先生も四人
全校生は小学生も中学生も三〇人ぐらいかな

校舎も校庭も体育館も遊具も
みんな借りている
親切な避難地の町から
近くの仮設住宅からも

二〇キロも離れた町の外からも
どうしても
ここでなければダメなお友だちが学んでる

報告文、小見出しつけてどんどん書くんだ
読み合っていいとこどんどんメモするんだ
よそ見する子なんかいない
あくびする子なんかいない
先生が言い忘れたこと
「先生このごろ物忘れすることあるね」
冗談なんて飛ばす子もいて
あったかいんだ
つながりが太いんだ
ここにしかなじめないお友だちの
ここでしか心開かない子どもたちを

たっぷり受け入れる先生の
変わった形の学校に集うこの人たちに

音を立てて幸せが訪れますように
叩きつける雨音に負けないように
ここにこそ
音を立てて幸せが訪れますように

この仮設校舎は二〇一九年で廃校になります。帰還可能になった元の町で本物の学校が再開したためです。

福島には難しい別の問題もあります。それは、同じ福島県内でも受け入れる側とお世話になっている側、直接被災した地区とそうでない地区との間に、感情的な軋轢が生じてしまうということです。実情の共有が難しいことや、賠償の額が違うということで、問題を一緒に共有しきれないことが現実にあります。ひとつの県が感情的にひび割れるということは、みんなで頑張る力を弱めることになるということをわたしは懸念しています。

表面的には復興したように思えるこの八年ですが、被災地区には見えない被害が、大きく残っていることを忘れてはいけないと思います。

四、応援してくれる人びと

全国にはこの問題を真剣に考えて、応援してくださっている方々もたくさんいます。

一昨年、わたしは東京の小学校の学芸会を参観しました。福島から何百キロも離れた小学校で、この災害を取り上げ、ミュージカルを作り、発表してくれた学年がありました。終わったとき会場は拍手とどよめきが起き涙している人もいました。「いじめを止めよ」とスローガン的に叫んだり、注意をしたりする人はたくさんいますが、子どもたちと劇を組み立てるような取り組みで、子どもたちや地域の人々の被災地に対する関心を高めてくださっている例はあまりありません。この学校の先生方の意識の高さ、教育的課題のとらえ方に大変感銘を受けました。わたしは、この劇を見て校長先生に感謝の礼状を出しました。校長先生からも「行事の度に、東北の震災について触れるようにしています」という返事をいただきました。

この学校の運動会にも行ったのですが、福島の相馬野馬追を題材に騎馬戦を行ったり、相馬盆歌で民舞を演じたりしていました。校長先生にお会いしましたら、「災害を忘れずに、頑張りましょう」とまた励まされました。こういう学校には被災関係のいじめは起こらないのではないかと思いました。

さらに三月には卒業式にも出させていただきました。そこでこの校長先生は卒業式の式辞の中で、ふるさとの大切さを子どもたちに語りました。「ふるさとは皆さんの心の中に生きています。ふるさとを大事にし、愛してください。ふるさとは皆さんの宝物です。ふるさとを大切にする心は東日本大震災でふるさとを失った人、戻れない人たちの思いを理解する心も作ります。その人たちの力になってください」と述べられました。八年がたっても何百キロも離れた地で子どもたちにこのようなメッセージを送る教育者がいられることに大きな希望を持つことができます。

また、わたしはこれまで三冊の詩集を出版していますが、拙い詩集を読んでくれた全国の方々からお便りを六〇〇通以上も寄せられ、福島の実態を理解してくださっています。本を読んでくださった東京のある男性は、二年連続でわたしの詩を書道の作品にして東京都美術館で発表してくださいました。また、舞台俳優の金子あいさんという方は、東京吉祥寺で福島を思う会を二十六回も立ち上げ、毎年三月には集いを開催しています。そこではわたしの作品を朗読して発信してくれています。さらに、横浜で「希望をつなぐコンサート　~あの日から8年　福島のこどもたちを忘れない~」が行われました。ソプラノ、ピアノの演奏とともにわたしは五編も詩を朗読させていただきました。三〇〇人もの聴衆の方々から福島の子どもたちへと十五万円もの義援金が寄せられました。

本を読んでくださった全国のあちこちの方々が、今も福島のこの災害を考えてくださっています。この災害は、どこでも起こりうる事故であるという問題意識をもって応援してくれているのだと思います。

日弁連の事務総長をしていた海渡雄一と言う弁護士の方や、自由学園の渡辺学部長さんからもお便りをいただきました。「あの請戸海岸の悲劇は全国の人にわかってもらわなければいけません。わたしは今本を書いていますがあなたの詩を引用させてください」と、この見えない被害を全国に発信してくださいました。また、詩人のアーサービナードも、「書かないことは、書くことよりも苦しいことだ。書き続けましょう。全国に発信することが大切です」と励ましてくれます。

前橋、福島、東京の各地裁で行われた「生業裁判」では、画期的な判決が言い渡されました。全国の多くの支援者に支えられています。

そのほか短歌の全国大会、ＹＭＣＡ、平和集会、先生方の集り、東京の朗読大会でもお話させてもらいました。この中のある方は、次のように言っています。

「周囲の山々の美しさ、この地の恵みの大いなるところ、この地を奪われた方々の絶望、悲しみ、そして今も続く原子炉の災害、そこから起きてくる人間関係の悲しみ、軋み、そういう体験したことのない一部始終を知り、わたしの目を開かせてくださいました。福島を忘れません。思い続けていきます」と励ましてくださいました。

若い人たちからも関心が寄せられています。名古屋の中京大学の皆さんも話を聞きに来てくれました。また、昨年、一昨年と前橋の大学で話をさせていただいたとき、学生さんが、この災害について、学んだことを自分たちの問題として真剣に考えてくださいました。「ふるさとを奪われることと自分から離れることは全く違う」という本質的な感想や「話を聞いて無知な自分に気づきました。これからでもできることはありませんか」など、真剣に考えてくださいました。わたしはその思いに大きな励ましをいただき、それがきっかけで第三詩集を発刊しました。聴いてくださった学生さんからは次のような意見が出されました。

「僕は、原子力発電の是非について無関心であったが『原発事故は終わった』と思っていた。福島の被害者と思いを共有し、原発反対の民意としてつないでいきたい」という意見がありました。

また別の学生さんの意見です。「わたしは、稼働には賛成という意見を持っている。原発に頼って日々大量の電気を使っていて、原発に無関心だったのに、事故を理由に、原発は良くない、廃止すべきだということはあまりにも無責任すぎる。暮らしのいたるところで無駄に電気を使っているのに、震災や原発を忘れている人に腹が立つ。今後のことについては考えていかねばならないが」というご意見もありました。

さらに、「コストや環境問題などたくさんの問題があるので火力発電にシフトするのは大変だと思う。日本から遠く離れた海の沖合に原子力発電施設を作り、有識者による運営管理を試みるべきだ」などの意見もいただきました「『福島の出身です。』という人とどうかかわるべきか」との質問も出されました。

賛成にしろ、反対にしろこの大学の皆さんのように若い方々が、関心をもって考えてくださることは大変大事なことです。なぜこの原発が大きな問題になっているか、さらに多くの研究者が述べていることなどを学んでいっていただけたら日本の将来にとって、大きな意義があると思います。
わたしは教員をしていたので、直接被害に遭わなかった学校で教えた教え子も、わたしの本を読んでくれ、親さんと訪ねてくれました。彼は障害を持っていて生きづらいこれまでを送ってきていますが、今、社会活動に参加し、故郷を失った元の担任を励ましてくれるのです。

心の旅

センセ、泣いてるの
センセ　なんで泣いてるの
あの時の
お話し好きの君が、澄んだ瞳のまま
盆休みに訪ねてくれたから

センセ、僕、6年生の時

毎日　ずーっと、
水道で手、洗い続けていたら
「もういい？」ってセンセ
「もう少し」ってぼく
手、真っ赤になって
クリーム塗ってもらったんだよね
みんなは　もうやめなって

小3で発症した病に翻弄された少年が
時に追い込まれ　自分を見失い
危機と隣り合わせだった旅路の途中
一気に髪を真っ白にしてしまった
美しいお母さんと続けた心の旅を
30年過ぎた今日、笑顔で語っている
年に一度の賀状に君を案じながら

生きづらいだろう日々を念じながら
馳せていた君への思い

センセ、泣いてるの
あ、センセ、年とったからだ
年とって泣きみそになったんだ
センセ、元気出して
お正月にまたお餅、買ってくるから
あて名書きして働いてるんだよ
そうなの　そうなの

このお盆休みの中日に
顎髭をきれいに剃って
あの時の瞳のまんま
センセの涙を覗いてくれる君に

前触れもなく会えたときめき

君の楽天性がずっと
几帳面な文字で君を生かし
みんなといっしょに続ける旅が
無事に続きますように

このように全国の心あるたくさんの方々は大きな関心を示してくださっています。本当に感謝です。伝えていけば必ずわかっていただけることに勇気をいただいています。

五、立ち上がる人びと

わたしのふるさとは半壊したまま、六年間捨て置かれていましたが、環境省の働きで平地にされました。家が壊れると同時に家の歴史、思い出も消されました。ふるさとの形が根こそぎ亡くなった喪失感は何とも悲しいものです。わたしたち兄弟五人を大学にあげ、社会人とした後、父母の建てた苦労の証の家が消えてしまった喪失の悲しみは耐え難く、どうにもならないさみしさに打ちひしがれました。しかし、浜の人たちは泣いてばかりいるのではありません。追われても逃げ惑っても生き抜いてきたし、背負った苦しみの分だけ逞しく生きている。ふるさとは忘れないと語っています。人は踏ん張れるし、人は這いあがれるし、人には逆境を跳ね返す知恵とすべがある、ということを教えられました。逆境に遭った「人」は強いと思いました。

被災地で担任だった、教え子が宝物の孫が元気に成長していることに希望を持ったと、喜びに変えて生活している声も届いてきます。

春告げる君

おめでとう　太郎君
三月十日　早生まれの一年生
今朝、裏山で春告げる鳥の声
まだ頼り気ない谷渡りだったのに

確かな春を告げるうれしい歌声
スーツでバシッと決めたパパも
若草色の和服のママも
君が元気に返事できるかと
緊張で胸がいっぱいだ
六年前のあの日の次ぐらいに
あの日、君は
この地球に迎えられて二日目だった
泣いて飲んで柔らかいおむつあてられて
あの悲劇の町の産院の一室で
窓ガラスががたがた震え
すさまじく揺れ
見えない怪物に襲われた
鼻と口をちょっとだけ出して
ガーゼで顔を覆われて

タオルで全身くるまれて
毛布で厚く包まれて
パパとママと君を
いや幾万の人を見舞った
逃避行の緊張と恐怖

笑顔満面でピースを送る今日の君
あの日
玉のような君を胸に抱き
汚したくない一心で
遠くを　より遠くを
さらに遠くを
渡り歩いたパパとママの思い
今は何も知らないけれど
やがては知る日が来るだろう

地球に迎えられた二日目からの緊張の中
パパとママが守り育てた君の六年
今日
教室に響く元気な返事
どきどきのパパのママの行く手に
春を告げる君
おめでとう　太郎君

また、「ぶっしあわせ」の詩の老人は今、故郷からずっと遠い介護施設に入っています。先日介護施設に尋ねました。穏やかな表情で話をしてくれて、ほんとにうれしく思いました。

無花果

―ごっぞになっていいかい*
―どうぞ　どうぞ

甘くてねっとりしてツブツブのこの味が懐かしい　と
赤紫の皮うすくうすく　剝いて
好物をほおばるこどものように
無花果を食べてくれた

―捨てた家の前にもいちじくの木　あってなー
捥ぎると白い乳の粘り　指の間にながれた
籠にたまる前に食っちまった
いちじくの葉っぱ　ふろに入れて温まったなー
今はカラスが独り占めだべなー
あ、もう一つ　ごっぞになってもいい
―どうぞ　どうぞ
ふるさと言葉のまま　皮をむく穏やかさ
避難解除に真っ先に我が家に戻ったけれど

あっという間に連れ合い　逝って
畑起こしも草取りも　もうチャンスがない
付き添いなしでは散歩も許されないから　と
部屋を斜めに行ったり来たりするほんの運動
街の老人になったよう

花水木の葉が赤く染まり
中庭のイチョウもちょっと色付き始めた
高いうろこ雲を望む三階の窓
街にも季節は移り行き
介護施設にいる安心と　戻れない望郷と
一パック四八〇円の無花果五粒
味わう舌が　一時ふるさとにつながって
あー　よかった　よかった

＊ごっぞになっても＝ごちそうになっても

悲しみを乗り越え、立ち上がろうとする浜の人々には勇気づけられます。被災を受けた人も少しずつ心の傷を癒してきていることが伝わってきます。

六、終わりに

この震災でわたしは、原発災害の回復のむずかしさ、人々のふるさと喪失の悲しみを八年間見てきました。そして多くの人の声を聴いてきました。逆境に遭っても、多くの人と励まし合って立ち上がる人々を見てきました。人々は互いに励まし合うことで立ち上がることができるとも教えてもらってきました。災害が起きた時も、立ち上がる時も人と人とのつながり、支え合うことが大きな生きる力になることを知りました。

若い人たちは、世の中の動きに無関心にならず、関心を持っていってほしいと思います。実情を直視する眼を多くの人が高めていっていたら、このような事故は未然に防げたかもしれません。わたしのふるさとの人々はわたしも含めて、安全神話に凝り固まっていました。社会の問題を敏感に感じる目を養っていくことの大切さも学びました。そして、物事に疑問を持ちながら真理を追求する研究心を持っていきたいと思います。

これからも、見て、聞いて、調べて、感じて、書いて、伝えていくことでふるさとを思い続けてまいりたいと思います。

＊群馬県内の大学での講話を一部修正して記載しました。

学生さんたちへ

一、はじめに

二〇一七年、二〇一八年、二〇一九年と某大学の「社会と教育」の講座で「ふるさとを思う―思いをことばに託して」についての話をさせていただいた。

話したテーマを率直に受け止めて自分をふりかえり、自分には何ができるのかと主体的に考える学生の新鮮な思いは、話し手にとっても大きな学びとなった。

最もうれしかったことは、伝えれば伝わるということと、聞き手の学生が、きちんと自己主張できる人間として成長している姿を見せてもらったことである。

いろんな意見に対して、十分に応えらなかった歯がゆさがあるが、今後、この話をきっかけに、調べ、多面的に考え、事実をふまえ、自分なりの結論を導き、今日的課題に対する考えを深めていってもらいたいと思う。

二、理解と共感

想像以上にわたしのことばを深く受けとめてくれた。二〇一八年に寄せられた感想から主なものをまとめた。

「過去のこととしてとらえるのでなく、現在を知っていかねばならない。二度と元の場所で暮らすことができない人もいて、心の中の傷をかくしたまま生活していかなければならないということがわかり、自分は全然わかっていなかった。考え直す機会になった」（男子）

「見えない喪失を今回初めて知った。思っていたことよりも何倍もすごいことが起こっていて、つらく大変な苦労をしていることがわかった。避難している人も表向きは元気でも裏で傷つくことがあり、精神的な苦しみが大きいことがわかった。爪あとが残っているのに、認識が十分でないという現実がある」（男子）

「見えない被害の一番はふるさとを奪われる気持ちであり、何年たっても深い傷が残っている。完全には消えず人の悲しみは深く、表面だけではわかりにくい。被災者の人生を狂わせてしまった。私たちの知らない原発の被害を見た。悲しんでいる人、苦しんでいる人が数えきれないほど多いことがショッキングだった。現場にいた人びとの心の叫びのようなもの、これが震災であると思った」（女子）

「東北なまりに引き込まれ強く胸を打たれた。先生の語りによって救われる人や傷が癒える人がたくさんいると思う。話を聞かなかったら、私も『原発はあってもなくてもどっちでもいい』と答えていた。先生の詩が、日本中に届いてみんなで対策などを考えて行けばいいのにと改めて感じた。詩と読み方から頭の中に映像が広がってきて、悲しみつらさがひしひしと胸に伝わった。被災者のドキュメンタリーを聞いて涙が出た。もっと早くこのような詩を知りたかった。たくさんの人に読んでもらいたい」（女子）

「親が○○電力に勤務しているので、話を聞いて、正直なところつらかった」（女子）

「自分の出身地を言えない人がいることに気づいていかなければならない。中学生のころ、部活の練習試合で、他校に福島から避難していた子がいると知ったとき、周りの友人たちとぶしつけな視線を送ってしまったことがあって、ばかにする意図はなかったが、今思うとひどいことをしてしまったと思う」（女子）

「復興公園のコンクリートの公園が本当の憩いの場になるのか。たくさんの思い出が残るふるさとの土地、面影が復興公園に変わる。それが自分の県に起きたら……。除染土が運び込まれる。自分の町がそうなったらと思うと、当たり前がどれだけ幸せか。ふるさとがある日、奪われることのくやしさ。自分がどれだけ無知であったか。復興祈念公園が亡くなった人たちの命を見つめる場になって欲しい」（男子）

「日本人はもっと事件事故に真剣に考えるべきだ。メディアも芸能人の不倫や浮気なんて正直どうでもいいのに、もっと政治に対して、災害や問題に対して国民の目を向けさせていくべきだ」（女子）

「亡くなった人の苦しみを思い取って生きていきたい。「かわいそう」と思うだけで行動しない私たちがいる。考え直す機会を得て自分で考える認識が広まった。次の世代に語り継がねばならない」（女子）

「国や他県の人々の被災地に対する理解が足りないのではないか。原発の在り方や安全性についてもしっかり理解し再発防止に参加することが大切だ。原発も結局は、人間の責任なので日本人として人として、この事故を忘れてはいけない。堤防を作るより被災者に生活を助けるお金の使い道があるのではないか。爪あとが残っているのに、認識が十分でな

いという現実がある。東日本も原発も忘れてはいけない」（男子）

「子どもの命は守りたい。そのためには準備が一番大切なのではないか。教育に関わる自分たち。薄れていく記憶を子どもたちに伝える問題意識を持てる人を増やしていくように努めたい」（女子）

「卒論を『地震に関するテーマ』にしようと認識が変わった」（女子）

三、意見・質問

「わたしも、原子力発電の是非について全く無関心であった。「原発事故は終わった」という政府の立場を盲信し、その後への関心を無くしていた自分自身に対してもあきれたのである。福島の被害者と思いを共有し、この惨状を原発反対の民意としてつないでいくことはできる」（男子）

「稼働することに賛成という意見を持っている。当たり前のように電気を使い、今も使い続けている。原発に頼って日々大量の電気を使ってきて、原発に無関心だったのに、事故を理由に原発は良くない、廃止すべきだということはわたしはあまりにも無責任すぎるのないのではないかと考える。資源には限りがあるし、何より消費量が多いためまかないきれないのではないかと考える。暮らしの至る所で無駄に電気が使用されていることを見ると震災や原発事故を忘れてしまっている人に腹が立つ。原発についても今後どうなっていくのか福島はどうなっていくのか考えなければならない」（女子）

「今の日本から原子力発電を無くした時、果たして大丈夫なのだろうか。日本は資源が非常に少ない国である。もし外国が資源を売らないと発表したら日本はどうなってしまうのだろう。電力不足に陥ったとき、国民はどんな対応を取るのだろうか。コストや環境問題などたくさんの問題があり、火力発電にシフトしていくのは大変だろう。

わたしは、日本から遠く離れた沖合に原子力セクター発電施設を縮小移転させ、公共事業とはいえ、単なる営利企業である電力会社に運営を任せるのではなく、有識者による運営管理をすることが最も様々なリスクにバランスよく対応でき、国民全体の公益を考えている案だと考える」（男子）

このような意見が出された。学生の間で、さらに議論がなされることを望んでいる。

また、つぎのような質問も出された。

「先日は恥じ入ってしまって質問できなかったのですが、福島の人とどのようにかかわるべきか。『福島出身だよ』と言ってくれた時に『あ、原発のね』ということはどうなのでしょうか。逆に言わないことも心の壁を感じてしまうのではないかと心配になってしまいます」（男子）

それに対して次のように答えた。

「あなたが思った通りを伝えてください。このように心配しているということを伝えていただけたら、どんなにか通じ合うものがあるか知れません。特別なことは何もないと思います。あなたがお友達に接すると同じように接してください。あなたの優しい気持ちが十分伝わります。そして、仲良くなったあかつきには、互いの今を吐き出し合ってください。こぼし合ってください。ありがとうございました」

四、終わりに

学生の真摯な言葉の数々に心打たれた。電力会社の勤務している親御さんを持っていられる学生にはつらい思いをさせてしまったことには心が痛む。

わたしと一緒に参加した教え子の親さんも原発勤務であった。その稼ぎで三人の子どもを大学で学ばせ、二人は教員に、そして一人は会社員にした。親さんが原発関係の仕事をして恩恵を受けていたにもかかわらず、わたしの教え子であった彼は、大学在学中に、ある著作との出会いによって原発の課題に気づき、原発の廃止についての卒論をまとめた。彼の主題は「課題の多すぎる原発は人類と共存できない。原発の廃棄処分の研究に力を入れ、廃止のための研究と投資をすることが人類滅亡を防ぐ」であったと思う。

人口密集地で最も電力を必要とする東京に原発を建設せず、他県の過疎地に設置して密集地の電力を供給する意味、ほとんどの原発の運転停止が継続しているときでさえ電力事情に不足がなかった事実、コストが低いと言われるのは国の負担に頼っているためであること、使用済み核燃料の廃棄処理のため建設された「六か所再生工場」は機能不全になっていること、事故を起こした核燃料の処分には何十年も何百年もかかるという事実など、原発と人類が共存する難しさは多方面で言われている。

それでも再稼働を推進するのはなぜだろうか。背景には「経済との関わり」「核保有」の問題もあると思う。そこらをしっかり研究していくことで、真理を見ていかねばならない。

解説　福島の「埋み火」を人びとの胸に灯すために
　　　　——二階堂晃子エッセイ集『埋み火——福島の小さな叫び』に寄せて

鈴木比佐雄

双葉町出身で現在は福島市に暮らす元小・中学校教員で詩人の二階堂晃子氏が、エッセイ集『埋み火——福島の小さな叫び』を刊行した。二階堂氏は東日本大震災・東電福島第一原発事故後に三冊の詩集『悲しみの向こうに』、『音たてて幸せがくるように』、『見えない百の物語』を刊行してきた。そこでは類例のない大地震と原発事故に遭遇した家族・友人・教え子など福島の人びとの生きる姿や思いを自らの内面を通して語っている。二階堂氏は深い情感の持ち主であり、他者の行動や言動の中に自らが生きる励ましを感じ取ってしまう。その生きる感動を伝える方法として詩作があるのだが、それと同時並行的に二階堂氏は多くの人びとに伝える方法としてエッセイを書き記してきた。今回は三・一一から九年が過ぎようとする現在、この激動の時間を記録として残し、これからも続く福島で生きる意味を再認識したいと願っているのかも知れない。エッセイ集『埋み火——福島の小さな叫び』は四章に分けられている。二十四篇のエッセイ、一篇の散文詩、二篇の講演録と講演抄録から成り立っている。

一章『花見山交響曲』八篇は、近くの「花見山公園」、孫の成長、小旅行、知人など身近な人びとの懸命に生きる姿を垣間見て、少しずつ暮らしを取り戻すことが記されている。「花見山交響曲」では地元で花の公園を作り出し、無料で一般公開している花卉農家の阿部一郎氏を紹介している。阿部氏の「花は私の人生の全てである。花と会話しながら生き方を見つめてきた。多くの方に見て欲しい」という言葉を引用している。原発事故後も変わらず続けて多くの人びとに「花と会話すること」を勧め、数年前に亡くなった阿部氏の生き方に二階堂氏は深い共感を抱いている。二階堂氏のエッセイの味わい深い特徴のひとつは、淡々と地域のために活動する真摯な生き方をしている人物に光を当てて、その持続することから見えてくる精神の輝きを伝えてくれることだ。それはひたむきに生きる他者を通して自らも真摯に生きたいと願うからだろう。

「ギアチェンジ」では八歳の孫をあずかると夜半に家に帰りたいと泣き出した。二階堂氏は「君は幸せだね。君の心の中にはパパとママの君を大切に思う宝物がいっぱい詰まっているんだね」と語り、何とか眠りにつかせた。翌日の孫の日記帳を見ると「ばーばが僕の心に宝物がいっぱい詰まっていると言いました」と書かれてあった。二階堂氏が「心に宝物がいっぱい詰まっている」という実感を子どもたちが自然に持つことは、実はかなり難しいことなのかも知れないと思われてくる。なぜなら父母や祖父母や教師たちの損得を超えた日常的な心を込めた接し方が問われることでもあるからだ。二階堂氏は孫のことを語りながら、子どもはもちろんだが、大人になっても「心に宝物が詰まっている」という心の在りようがあれば、多くの危機を乗り越えて行けるのではないかと暗示しているようにも思われる。その他のエッセイも暮らしの中で発見した興味深いことに、周りの人びとと一緒になってその謎を解き明かそうとする好奇心が存在し、それが文章を生き生きとさせる要因となっている。

二章「わたしはマグロ?」八篇では、三・一一以後に再会した教え子や知人や詩人・芸術家たちとの交流が書かれている。冒頭のエッセイ「わたしはマグロ?」では、教え子の一人は三十年前に卒論で原発の危険性を論じ、「原発は事故を起こすと、その災害は防ぐことができない」と予告していたと言う。そんな先見の明のある教え子から頼まれて大学で講演をした際に、教え子は二階堂氏を「この方はマグロと同じで、回遊していないと死んじまうんです」と紹介した。二階堂氏が福島の被災者の現場を直視して活動していることを「回遊」と喩えたのだ。二階堂氏が教え子たちにとても親しまれ尊敬されていることが分かる。また私たちの存在もまた「回遊魚」のように世界と呼吸しながら生きている現実を知らせてくれる。この章には教え子たちの多様な人生模様や被災後の若者たちの語れない深い思いなどが記されている。

三章「埋み火」八篇では、冒頭の「月命日」で二階堂氏が電話相談ボランティアを担当し、「福島県の被災者の今なお続いている苦しみや孤独」について話を聞き続けていることなどの深い思いが語られている。二階堂氏は相談者から〈「地震は現在を奪い、津波は過去を奪い、原発事故は未来を奪った」と話されたことが胸にいたい〉と語っている。被災者の胸の内は全ての時間を奪われた誰にも言えない空虚な悲しみなのだと気付かされる。そうであるからたった八年で癒されるわけはあり得ないことが伝わってくる。タイトルにもなった「埋み火」では、二階堂氏が胸の思いを次のように吐露している。「どこかで人を励ましたり社会に貢献ができたりするようになりたいと、いつも灰の中で埋み火を保っているつもりだ。まだ囲炉裏で暖を取っていた幼いころ、前の晩に灰の中に埋めた炭火が、翌朝、まだ赤々とその種火を保っていた光景は脳裏に焼き付いている。わたしの中には消えない種火が燃えている。まだ自分の成長を願う小さな叫びがあることを一人確かめていた。」この「どこかで人を励ましたり社会に貢献ができたりするようになりたい」

という苦悩する他者たちに寄り添い、何かできることはないかという思いこそが「埋み火」なのであり、それが「小さな叫び」となって詩やエッセイとして表現されてきたのだろう。

四章「ふるさとを思う」には津波に流され奇跡的に生還した兄のことを記した散文詩「非日常の始まり」、学生たちに話した「ふるさとを思う——思いをことばに託して」、「学生さんたちへ」の二篇の講演録と講演抄録が収録されている。これは二階堂氏が三・一一以後の光景や情況を自らの詩篇を通して他県の学生たちに、その目撃した福島県浜通りの実相を若い世代に伝えようと試みた講演と朗読が織りなす記録である。また学生たちからの反応や語り合ったことも記されている貴重な講演抄録でもある。このような講演者と学生たちが双方向で福島の被災者たちの思いを共有化して語り継いでいくことは、とても重要なことだろう。二階堂氏だけでなく多くの被災者たちの「埋み火」が「小さな叫び」となって多くの人びとの胸に温かく灯されていくことを願っている。

あとがき

浜で育ったわたしは、新鮮なマグロやカツオの刺身の美味を忘れることができない。魚市場の近くの魚屋さんでさばいてもらうカツオの刺身は一番のごちそうだった。ことあるごとに、家族そろって大皿いっぱいの刺身に舌鼓をうったあの味は、ふるさとそのものである。

わたし自身はそのカツオやマグロのように、美しく回遊する姿も美味な中身も持っているわけではない。が、親しい人は、いつも動いているイメージでわたしを回遊魚に喩えたのだろう。思い返せばこの歳に至るまで、フットワークよろしく、やるべきことは間を置かず、「すぐやる課」の看板をずっと掲げてきたように思う。その分、思慮深くはなかったが。

ずいぶん年を重ね越し方を振り返るとき、動き回って見たこと、聞いたこと、感じたこと、学んだことを一冊にまとめたいという思いになった。とまれ一番身近な家族のことなど、まだ書いておかねばならないこともあるが、題材が多すぎて書ききれない一面もある。

震災から八年、福島では野球、ソフトボールの開催地となり「復興オリンピック」の準備に大わらわである。多くの方に来ていただきたいと願えば願うほど、震災の話は陰に追いやられる。そのためか震災のことを話題にすることも少なくなってきた。が、まだ被災地には誰一人も帰還できない地域がある。ふるさとを失った被災地の人々の苦悩は大きい。見えない被害に人生を翻弄されている。わたしは、何を書いてもついこの災害に目が向いてしまう。ともすれば風化しそうなこの歴史を、種火たやさず埋み火として保ち、小さなさけびを発し続けることが大事だと思っているからだ。

一章に載せた「花見山交響曲」「出会い」「体育館の三・一一」「再開がもたらしてくれた縁」は河北新報社のコラム「微風・旋風」に連載されたものを一部書き換えて掲載した。

発刊に当たっては、コールサック社の鈴木比佐雄氏、座馬寛彦氏、元編集者の佐相憲一氏にたくさんのお世話をいただいた。ありがとうございました。

二〇二〇年睦月

二階堂晃子

二階堂晃子（にかいどう　てるこ）

1943年　福島県双葉町生まれ
詩集『悲しみの向こうに』（2013年　コールサック社）
詩集『音たてて幸せがくるように』（2016年　コールサック社）
詩集『見えない百の物語』（2018年　土曜美術社出版販売）
エッセイ集『埋み火　―福島の小さな叫び』（2020年　コールサック社）
日本現代詩人会　日本詩人クラブ　福島県現代詩人会　各会員
「山毛欅」同人
現住所　〒960-8141　福島県福島市渡利字岩崎町137-6

石炭袋

二階堂晃子エッセイ集
埋み火　――福島の小さな叫び

2020年3月11日　初版発行

著者　　　　　二階堂晃子
編集・発行者　鈴木比佐雄
発行所　株式会社 コールサック社
〒173-0004　東京都板橋区板橋2-63-4-209
電話 03-5944-3258　FAX 03-5944-3238
suzuki@coal-sack.com　http://www.coal-sack.com
郵便振替　00180-4-741802
印刷管理　（株）コールサック社　製作部

＊装丁　奥川はるみ

落丁本・乱丁本はお取り替えいたします。
ISBN978-4-86435-425-7　C1095　￥1500E